D1732031

Buch

Als Jacquie Gordon Mutter einer Tochter wird, ist sie stolz und überglücklich. Doch die kleine Christine ist äußerst zart und leidet schon als Kleinkind unter heftigen Verdauungsstörungen. Erst nach einigen Jahren jedoch steht die grausame Diagnose fest: Christine leidet an Zystischer Fibrose (»Mukoviszidose«) – einer Erbkrankheit, die unheilbar ist. Man teilt den fassungslosen Eltern mit, die Lebenserwartung ihrer Tochter liege bei etwa 19 Jahren. Doch weder die kleine Christine noch ihre Mutter brechen angesichts dieses Urteils zusammen. Im Gegenteil: Jacquie Gordon trifft die mutige Entscheidung, ihrer Tochter so viele »normale« Lebensjahre wie nur irgend möglich zu schenken. Christine soll aufwachsen wie andere Teenager, soll nicht im Krankenhaus behandelt werden, sondern zur Schule gehen, Rock-Konzerte besuchen, Freundschaften pflegen und Alltagsprobleme bewältigen – auch wenn es ihr Leben möglicherweise um einige Jahre verkürzen sollte.

Christine ist im Alter von 21 Jahren gestorben, aber ihr kurzes Leben war – obwohl geprägt vom Wissen um einen frühen Tod – erfüllt von Mut, Freude, Lebenslust und einer zärtlichen Beziehung zu ihrer Familie.

Autorin

Jacquie Gordon, Christines Mutter, lebt heute mit ihrem Mann und ihrer kleinen Tochter Jenny in Greenwich, Connecticut/USA.

In der Reihe »Schicksale« liegen zahlreiche andere Titel vor, u. a.:

Laura Doermer: Moritz mein Sohn (12353)
Werner Filmer: Susanne Fleer – Abschied vom Leben (12377)
Martin Gray: Der Schrei nach Leben (12352)
Natalie Kusz: Toschka (12354)
Ines Veith: Gebt mir meine Kinder zurück (12388)
Ines Veith: Wo ist Dirk? (12351)
Marion Sigaut: Das Herz zweier Welten (12404)

Jacquie Gordon
Schenkt mir ein Wunder!

Ins Deutsche übertragen
von Gabriela Prahm

GOLDMANN VERLAG

Deutsche Erstveröffentlichung

Die Originalausgabe erschien unter dem Titel
»Give Me One Wish«
bei W. W. Norton & Company, Inc., New York

Bereits erschienen unter der Titel-Nr. 12365.

Umwelthinweis:
Alle bedruckten Materialien dieses Taschenbuches
sind chlorfrei und umweltfreundlich.

Der Goldmann Verlag
ist ein Unternehmen der Verlagsgruppe Bertelsmann

© der Originalausgabe 1988 by Jacquie Gordon
© der deutschsprachigen Ausgabe 1992 by
Wilhelm Goldmann Verlag, München
Umschlaggestaltung: Design Team München
Umschlagfoto: The Image Bank, München
Satz: IBV Satz- und Datentechnik GmbH, Berlin
Druck: Presse-Druck Augsburg
Verlagsnummer: 12573
Lektorat: Silvia Kuttny
Herstellung: sc
Made in Germany
ISBN 3-442-12573-1

10 9 8 7 6 5 4 3 2 1

Inhalt

III. Buch: Der lange Weg heim

DANKSAGUNGEN

Dieses Buch enthält viele Begebenheiten und Situationen, bei denen ich selbst nicht anwesend war. Christines Freundeskreis mit seiner Geduld und Offenheit bei der Zusammenarbeit, hat es mir ermöglicht, dieses Buch zu schreiben. In Dutzenden von Interviews und vertiefenden Gesprächen unterstützten mich Lehrer und Mitschüler mit einer Fülle an Informationen, darunter auch die Rekonstruktion vieler Dialoge. Mit Hilfe dieser sehr persönlichen Erinnerungen und Christines neun Tagebüchern ist dieses Buch entstanden, konnte die Geschichte erzählt werden. Die Namen einiger Personen und Örtlichkeiten wurden geändert.

Unter Christines Mitschülern an der Ganztagsschule Rye Country gilt mein besonderer Dank Mark Read, John Egan, Andy Gibson, Claudia Blank, Jamie Allen, Amy Segal, Andrea Homolac, Jim Thomas, Phebe Straus, Jill Oppenheimer, Bark Brummitt und Donald Gries. Sie haben mir nicht nur eine Fülle von Informationen gegeben, sondern auch das Manuskript gelesen, um sicherzustellen, daß alles so niedergeschrieben wurde, wie es sich tatsächlich zugetragen hat.

Von den Lehrern möchte ich danken: dem Direktor der Schule, Dr. Lee Pierson, ferner Sylvia Hoag, der Vertrauenslehrerin der Mädchen und nicht zuletzt Dick Brown, Karen Brilliant, Glen Robertson, Madame Amsellem und Priscilla Funck.

Mein besonderer Dank gebührt Amy Segal für ihre konstruktive und fruchtbare Kritik an drei Entwürfen des Manuskriptes, und

Bruce McDaniel dafür, daß er mir viele Erlebnisse mit Christine geschildert hat.

Am meisten jedoch verdanke ich Mark Read, der mir beim zweiten Teil des Buches eine unschätzbare Hilfe war. Seinen inhaltlichen Vorschlägen und seiner schier unermüdlichen Unterstützung verdanke ich es, daß ich in Momenten, wenn mich der Mut zu verlassen schien, während ich dieses Buch schrieb – es waren immerhin drei Jahre –, neue Kraft schöpfte.

Dr. Celia Ores stellte mir ihre ärztlichen Berichte und Aufzeichnungen zur Verfügung, als Christines umfangreiche Krankenakte im Columbia Presbyterian Medical Center auf mysteriöse Weise verschwunden war. Und sie war es, der ich es zu verdanken habe, daß ich noch besser als zuvor verstand, wie tapfer meine Tochter gewesen war.

Meine lieben und guten Freunde Nancy und Joe Conte brachten mich mit Angus Cameron zusammen – Sportler, Autor und ein Lektor wie kein zweiter –, der zu meinem Mentor wurde. Durch seine Hilfe fand ich Molly Friedrich, meine Agentin, die sich mit ebensolcher Hingabe meinem Buch widmete.

Mein Dank gilt Christines Vater, Jerry, der eine wichtigere Rolle in Christines Leben spielte, als es in diesem Buch erscheinen mag.

Meine Liebe und meinen Dank an meine Familie, meine vergrößerte Familie und meinen Freunden, die das Manuskript gelesen haben und mir ihren Rat und ihre Hilfe anboten. Besonders möchte ich meiner Tochter Jenny danken, die neun Jahre alt war, als Christine starb, und die sich an Dinge erinnerte, an die nur sie sich erinnern konnte, weil sie manches aus einer anderen Perspektive erlebt hat. Und nicht zuletzt möchte ich meinem Ehemann Jim danken, der den ersten Entwurf jedes Kapitels las und der sich nie beschwert hat, wenn ich die Nacht mit Schreiben zubrachte. Und es waren viele Nächte.

Und schließlich möchte ich Hilary Hinzmann, meinem Herausgeber bei Norton, danken für seine Unterstützung, seine Einfühlsamkeit und dafür, daß er immer an die Geschichte geglaubt hat, die ich zu erzählen hatte.

Für Christine

Der zweite Teil des Buches ist Christines Freundeskreis in der Ganztagsschule Rye Country gewidmet.

EINLEITUNG

Christine starb 1982, im Alter von einundzwanzig Jahren, an Mukoviszidose. Die durchschnittliche Lebenserwartung eines Kindes mit Mukoviszidose lag 1961 – dem Jahr, in dem Christine geboren wurde – bei fünf Jahren. Als sie starb, war die durchschnittliche Lebenserwartung auf neunzehn Jahre gestiegen.

Am Tag nach ihrem Tod brachte ich Christines Sachen aus dem Krankenhaus nach Hause und blätterte mit schwerem Herzen in den letzten Eintragungen ihres Tagebuchs. Sie selbst hatte mir gesagt, daß es eigentlich kein Tagebuch sei, weil sie zu erschöpft sei, um eines zu führen; und sie hatte es betitelt:

Gekritzel
Skizzen
Wichtige Gedanken
und andere Belanglosigkeiten

Sie hatte nur wenige Seiten gefüllt. Da waren ein paar Entwürfe, ein Selbstporträt, einige scherzhafte Anmerkungen über Mode und Film. Zwischen den Zeichnungen fand ich einige Zitate aus einer Kurzgeschichte von Dostojewski. Während des Sommers hatte Christine einen Band mit Kurzgeschichten bekannter russischer Dichter gelesen – meist im Schneidersitz, wie ein Indianer, auf ihrem Bett hockend, die Ellenbogen auf die Knie gestützt, den Kopf auf den Händen und in Gesellschaft des geräuschvoll schnarchenden schwarzen Katers Max, der sich wie ein Schal um ihren Nacken schmiegte.

Die Stellen, die sie zitiert hatte, klangen vertraut, doch bisher hatte ich ihre Bedeutung für Christine nicht erkannt. Dann las ich die ganze Geschichte.

In Dostojewskis Kurzgeschichte trifft ein armer, russischer Schuster auf einen nackten Mann im Schnee. Der Schuster ist selbst so arm, daß er keinen Wintermantel besitzt, und doch teilt er seine Kleidung mit dem Fremden, nimmt ihn bei sich auf und gibt ihm Arbeit. Der Fremde spricht niemals ein Wort, doch er leistet gute Arbeit, und das Geschäft des Schusters fängt an zu florieren.

Fünf Jahre verstreichen, dann scheint sich der Fremde eines Tages bei einem Auftrag eines Kunden zu irren. Anstatt Stiefel anzufertigen, schustert er Totenschuhe. Der Bursche des Auftraggebers erscheint bald darauf, um zu berichten, daß sein Herr keine Stiefel mehr bräuchte, denn er sei verstorben, und jetzt müsse er Totenschuhe bringen. Schließlich bricht der Fremde sein Schweigen und erzählt dem Schuster seine Geschichte. Er sei ein Engel, der Gott ungehorsam gewesen war. Zur Strafe sei er auf die Erde gesandt worden, um die drei Wahrheiten zu lernen. Gott sagte zu ihm: »Gehen sollst du und drei Lektionen lernen: Du sollst lernen, *was die Menschen erfüllt* und *was den Menschen nicht gegeben ist* und *wodurch die Menschen existieren*. Wenn du das gelernt hast, dann kehre zurück in den Himmel.«

Christine hatte sich die Lektionen in ihr Tagebuch geschrieben.

1. *»Du sollst lernen, was den Menschen erfüllt...« Liebe ist in den Menschen.*

2. *»Du sollst lernen, was den Menschen nicht gegeben ist...« Das ist die Fähigkeit, vorherzusehen, was sie zum Leben brauchen, zu wissen, was ihre Körper benötigen...*

3. *»Du sollst lernen, wodurch die Menschen existieren...« Ich habe gelernt, daß die Menschen nicht durch die Sorge um sich selbst existieren, sondern durch die Liebe.*

Und sie hatte auch das Testament des Engels notiert.

»Ich wurde... durch die Liebe am Leben gehalten...
weil Liebe in den Menschen ist.«

Der Engel in der Geschichte hatte gelernt, was Christine wußte und
wodurch sie lebte. Ihr Leben war eine Liebesgeschichte.

I. BUCH

Stolpersteine

1 Abklopfen

Andy Gibson war Schüler der Oberstufe an der Rye-Country-Ganztagsschule, als er sie zum ersten Mal sah. Ihre Schließfächer lagen genau gegenüber, und ihm fiel auf, wie hübsch sie war, wenn sie lachte. So, wie sie redete, klang sie wie eine Engländerin – wie John Cleese von *Monty Python*. Er fragte einen Freund, wer die Neue sei, und er erfuhr, daß sie in die Unterstufe ging und Christine hieß. Andy kannte jeder. Groß und schlaksig, mit funkelnden braunen Augen und widerspenstigem braunem Haar; er war ziemlich clever und äußerst selbstsicher für einen Siebzehnjährigen. Außerdem war er Stammtorwart des Eishockeyteams, einem Sport mit hohem Stellenwert an der Rye Country. An diesem Morgen war Andy noch ganz gefangen von den verrückten Sketchen von *Monty Python's Flying Circus*. Die letzte Sendung der englischen Komiker in der Glotze hatte ihn total begeistert.

»Michael«, rief er seinem besten Freund über den Flur zu, »hast du gestern abend die Kiste mit Mr. Gumby bei *Monty Python* gesehen?«

»War der absolute Wahnsinn«, schrie Michael zurück.

Bei *Monty Python* war Mr. Gumby nicht der kleine grüne Gummimann wie im amerikanischen Fernsehen, sondern ein debiler Blödmann in Lederhosen, mit Hitlerbärtchen, runder Brille und einem weißen, aufgerollten Taschentuch auf dem Kopf. Mr. Gumby bewegte sich völlig steif, wie ein Zombie aus einem Horrorfilm, und sprach mit einem aberwitzigen Akzent.

»Dokta, Dokta«, rief Andy mit herabhängendem Unterkiefer, den Blick starr ins Leere. Mehrere Schüler sahen zu Andy herüber, auch Christine drehte sich zu ihm um und beobachtete ihn neugierig.

»Was… is'n… los?« stieg Michael auf das Spiel ein.

»Ich… muß… zu… ei'm… Gehirnspezialis'n«, brüllte Andy zurück und klopfte sich dabei gegen den Kopf.

Michael war nicht ganz so begabt im spontanen Schauspielen wie Andy, und er zuckte lachend die Achseln. Christine lächelte und wankte in bester Gumby-Manier auf Andy zu.

»Was…woll'n… Se… denn… beim … Gehirnspezialis'n?« fragte sie.

Andy wandte sich ihr zu und brüllte: »Mein Gehirn tut weh!«

Christine holte aus und schlug ihm leicht mit einer Hand auf den Kopf.

»Oooooh… es… kommt ja schon raus!« Sie ließ die Hosenträger seiner imaginären Lederhosen schnappen, drehte sich um und tapste durch den Flur zurück zu ihrem Schließfach. Alle lachten. Dann ertönte die Schulglocke, die Türen der Schließfächer wurden zugeschlagen, und die Schüler eilten auseinander. Andy schaute zu Christine hinüber, die in ihrem Schließfach herumkramte.

Was, in aller Welt, hatte sie nur an? Es sah aus wie ein Jogginganzug aus Papier. Sie nahm Bücher aus ihrem Schließfach. Nein, das konnte kein Papier sein. Es mußte sich um irgendeine neue Art Nylon handeln. Er ging zu ihr und berührte sie am Ärmel. »Hi, ich bin Andy Gibson.«

Sie richtete sich auf, überrascht, daß er annahm, jemand könnte seinen Namen noch nicht kennen. »Ich weiß. Ich bin Chris Nelson«, entgegnete sie in ihrem englischen Akzent. Andy rieb den sonderbaren, weißen Stoff ihrer Jacke zwischen den Fingern.

»Ist das Papier?«

Christine sah ihn herausfordernd an. »Nun, das ist es wohl. Woher wußtest du das?« Sie ist also wirklich Engländerin, dachte Andy erfreut. Sie klang, als käme sie geradewegs aus Mayfair, und ihr dünnes, blondes Haar, der helle Teint und das lange, typisch englische Kinn bestärkten diesen Eindruck noch.

»Sieht aus wie Papier und hört sich an wie Papier. Trägst du immer Kleidung aus Papier?«

»Hin und wieder«, antwortete sie, ohne ihn aus den Augen zu lassen.

»Und was ist, wenn es naß wird?« fragte Andy.

»Oh, gar nichts. Es löst sich lediglich auf, und ich schmeiße es in den Müll.«

Ernst fuhr Andy fort: »Ah, verstehe. Und wenn es anfängt zu regnen, rennst du schnell in den nächsten Hauseingang, oder?«

»Nein, ich achte nur darauf, daß ich meine beste Unterwäsche anhabe, wenn es nach Regen aussieht.«

Andy lehnte sich gegen die Schließfächer und versuchte, sich das Lächeln zu verkneifen.

»Wo hast du's her? Aus London?«

Christine studierte sein Gesicht und beschloß, ernst zu bleiben.

»Nein. Meine Mom ist im Modebusineß. Sie hat es aus Paris mitgebracht. Sie hält es für eine gute neue Stoffidee.«

»Verstehe. Na ja, ich find's jedenfalls toll.« Andy strahlte und musterte sie von oben bis unten.

Christine konnte das Lachen nicht länger unterdrücken und verriegelte sorgfältig ihr Schließfach; den Blick auf den Boden gerichtet, die Wangen gerötet und innerlich jubelnd. »Ich muß jetzt zu Englisch. War nett, dich kennengelernt zu haben.« Dann drehte sie sich um und ging.

Andy sah ihr nach und wartete, ob sie sich noch einmal umdrehen würde. Und das tat sie – bevor sie um die Ecke verschwand, lächelte sie ihm zu. Plötzlich wurde ihm bewußt, daß beim letzten Satz ihr englischer Akzent verschwunden war.

Ich hatte immer angenommen, daß Christine bei Jungs eher schüchtern war. So kann man sich irren.

Als Christine geboren wurde, lebten Jerry und ich in New York. Es war das unstete Leben von Schauspielern ohne Engagement, geprägt von ständiger Hoffnung auf den Durchbruch. Jerrys Held war Jack Kerouac, und mein Held war Jerry. Wir betrachteten uns beide als Teil der Beat-Generation. Ein Jahr waren wir verheiratet und hatten bisher nicht über Kinder nachgedacht, als ich feststellte, daß ich schwanger war. Damals wohnten wir in einer Zweizimmerbude auf der East 89th Street, Monatsmiete fünfundachtzig Dollar. Als ich im achten Monat war, schaffte ich die fünf Stockwerke nicht mehr, und so zogen wir nach Ithaca, wo meine Familie lebte, um die Geburt des Babys zu erwarten.

Ich hatte mich für die »natürliche Geburt« entschlossen – anfänglich, weil mir die Bezeichnung gefiel, und natürlich auch, weil es für das Kind weniger traumatisch und für die Mutter angeblich schmerzfreier war. Ich besuchte Vorbereitungskurse und lernte sämtliche Atemtechniken. Als es soweit war, schwamm ich gerade in den Buttermilk-Wasserfällen, und um zehn Uhr abends fühlte ich mich betrogen – natürliche Geburt war alles andere als schmerzfrei.

Der Arzt versicherte mir, daß es immer so sei. Am 14. August um neun Uhr früh kam Christine auf die Welt, leise, wie eine perfekte kleine Dame, und fing ganz von allein, ohne den üblichen Klaps auf den Po, an zu atmen. Als man sie mir in die Arme legte und sie mit ihren winzigen Fingerchen ihr Gesicht erforschte, vergaß ich meine Qualen. Sie schien wirklich zu überlegen, so als würde sie denken: Das ist also mein Mund, und hier ist mein Kinn, und das ist meine Nase.

Wir gaben ihr den Namen Christine Elisabeth – Elisabeth nach meiner Großmutter mütterlicherseits und Christine, weil es uns gefiel. Wir waren glücklich, redeten über die Zukunft und fragten uns: »Was wird sie werden, wenn sie einmal groß ist?« und »Wie wird sie wohl aussehen?«

Wieder zurück in New York, machte mir die »Größe« unserer

Wohnung nichts aus. Ich sah sie noch immer mit den Augen einer aufstrebenden Künstlerin. Wir waren nach New York gekommen, um es am Theater zu schaffen. Ein Sammelalbum, das von Kritiken unserer Auftritte bei Film und Theater überquoll – das sollte der Maßstab unseres Erfolges sein, und nicht materielle Dinge. Sicher würde Jerry bald ein Engagement bekommen.

Es war noch zu früh, um wieder ans Arbeiten zu denken, und so machte ich mich daran, die Wände unseres Schlaf- und Wohnzimmers mit Stoffbahnen zu verkleiden, um den aufgebrochenen und schäbig aussehenden Putz zu verdecken. Danach waren deckenhohe Faltenvorhänge für das Schlafzimmer an der Reihe. Ich war gerade eifrig dabei, halbfertige gelbe Gardinen in der ganzen Wohnung aufzuhängen, als Christine mich zum ersten Mal anlächelte. Sie strampelte mit ihren kleinen Füßen in der Luft, wie ein Marienkäfer, der auf den Rücken gefallen war. Sie sah mich an und lächelte. Da war sie sechs Wochen alt. Obwohl ich jeden Tag mit ihr verbracht hatte, war dieses erkennende Lächeln für mich der erste wirkliche Kontakt.

Wenn man tagein, tagaus seine Bude mit gelbem Sackleinen verkleidet, ist bald alles mit einer feinen, senffarbenen Staubschicht bedeckt. Ich saugte den Boden nicht, bis ich alle Gardinen aufgehängt hatte. Der Staub sah aus wie ein letzter Hauch des Sommers, und ich schrieb mit dem Finger »Ich liebe Christine« hinein.

Bald schon saß Christine wie ein hungriger, kleiner Vogel in ihrem hohen Kinderstühlchen und wartete gierig mit offenem Mund auf den nächsten Löffel. Sie war immer hungrig. Ich war zu unerfahren, um zu wissen, daß dieser wunderbare Appetit nicht normal war. Mütter fühlen sich beruhigt, wenn ihre Kinder essen, und so ging es mir auch.

Christine hatte häufig Durchfall. Ich studierte Dr. Spock's Buch *Säuglings- und Kinderpflege* und setzte Christine auf Diät. Für eine Weile war der Durchfall verschwunden, doch schon nach kurzer Zeit trat er wieder auf. Ich machte mir Sorgen, doch unsere Ärztin beteuerte, es gäbe keinen Grund zur Beunruhigung. Christine würde sicher bald aus dieser Phase herauswachsen.

Manche Kinder durchleben die »schlimmen Zwei«, wie man sagt, doch für Christine waren es die »wundervollen Zwei«. Sie bekam niemals Wutanfälle. Wenn sie enttäuscht war, zog sie die Mundwinkel herunter, dort blieben sie – wie ein kleiner, umgekippter Halbmond. Diese winzige Schnute, diese eine Minute, in der sie gegen die Tränen kämpfte, bevor sie losweinte, besiegte mich jedesmal – und ich lief zu ihr, um sie in die Arme zu nehmen.

Und genauso anbetungswürdig war ihr Lächeln, wenn sie glücklich war. Ich nannte sie in dieser Zeit Pilot Small, nach einer Figur in einem Kinderbuch von Lois Lenski. Dieser Pilot Small hatte auch ein ganz geheimnisvolles Lächeln, wie Christine, ein kleines Komma, das auf der Seite lag.

Tagsüber sorgte ich für Christine während Jerry sich um einen Job beim Theater bemühte oder kellnerte. Als ich wieder jobbte, abends als Sängerin im *Gaslight Club*, blieb Jerry zu Hause. Wir sahen einander nicht sehr oft aufgrund dieses Schichtdienstes, und bald bauten sich Spannungen und distanziertes Schweigen zwischen uns auf.

Wir mußten beide lernen, daß Talent allein nicht genügte. Mit einem Kind, das großgezogen werden wollte, verlor der »Jack-Kerouac-Lebensstil« bald seinen Reiz für mich. Meine Gedanken galten jetzt weniger dem Theater als vielmehr alltäglichen Dingen. Jerry war nicht gewillt, seinen Traum aufzugeben. Als seine Ambitionen als Schauspieler keinen Erfolg hatten, zog er sich mehr und mehr in sich selbst zurück. Im Herzen blieb er immer ein Freigeist, der seinen eigenen Regeln folgte und nicht denen der Gesellschaft. Er schien weiterhin mit den kleinen Gelegenheitsjobs als Schauspieler – nach dem Motto: Nimm, was du kriegen kannst – zufrieden zu sein. Jetzt, da ich Mutter war, brauchte ich jedoch Sicherheit und ein geordneteres Leben, und so zog auch ich mich immer mehr zurück. Ich war nicht der Freigeist, den ich Jerry zuliebe versucht hatte zu sein, sondern eine junge Frau aus der Mittelschicht – wenn auch mit einem Hang zur Rebellion im Herzen. Wir beschlossen, uns für eine Weile zu trennen. Christine und ich zogen in eine riesige Wohnung in Greenwich Village, zusammen mit zwei weiteren Frauen, die ebenfalls in Trennung lebten und die beide jeweils ein Kind in Christines Alter hatten.

Dann verschlimmerte sich Christines Diarrhöe. Sie fing an, vor Bauchschmerzen zu weinen, und ihr kleiner Bauch war ständig aufgebläht wie ein Fußball.

Nach dem Erntedankfest, als sie zweieinhalb Jahre alt war, wurden bei Christine eine ganze Reihe von Tests und Untersuchungen durchgeführt, und es wurde Zöliakie bei ihr diagnostiziert. Zöliakie ist eine Überempfindlichkeit gegen Gluten, das die Verdauung stört. Kinder mit dieser Krankheit essen und essen, aber sie sind trotzdem ständig hungrig und leiden unter chronischer Diarrhöe. Normalerweise bessert sich das nach einigen Jahren, und sie entwachsen dieser Phase.

Christine wurde eine glutenfreie Diät verordnet. Von nun an bekam sie Reis, weitere Getreidesorten, Milch und Bananen. Ihre Mahlzeiten nahm sie jetzt sehr still und mißtrauisch ein. Sie zog die Schüssel mit dem Getreidebrei und ihre Milch eng an sich und legte die Ärmchen beschützend um ihr Essen. Alle Nahrungsmittel, die sie bisher so geliebt hatte, waren ihr weggenommen worden, aus Gründen, die sie nicht verstand. Es machte ihr Angst. Was würde als nächstes verschwinden? Das Essen, was ihr noch geblieben war, ihr Spielzeug, ihre Mutter?

Ich versuchte, nicht viel Aufhebens um die Situation zu machen und versicherte ihr mehrmals, daß sie diese speziellen Sachen essen mußte, weil es gegen ihre Bauchschmerzen half. Nach einigen Wochen hörte sie auf, ihr Essen zu verteidigen. Ihr Spielzeug bewachte sie jedoch noch eine Weile länger, aber ich hoffte, auch dieses Verhalten würde sich geben, wenn sie merkte, daß ihr nichts weggenommen wurde. Wir gingen jeden Tag in den Washington Square

Park, wo sie an dem großen Springbrunnen spielte. Immer wieder füllte sie einen Plastikbecher mit Wasser und bot ihn den Passanten als Erfrischung an. Damals, 1963, war der Washington Square Park noch ein sicherer und angenehmer Ort. Einen Block weiter sangen Bob Dylan und Joan Baez in *Gerde's Folk City* und im *Bitter End Café*, und eine neue Generation fand ihre Stimme. Auf den Bänken und auf dem Rasen saßen junge Leute und sangen ihre Songs zu Gitarren, Kassettenrecordern oder Autoradios. Christine hatte ihren Spaß im Sandkasten und lernte langsam wieder, ihr Spielzeug mit anderen zu teilen.

In diesem Frühling begannen die Vorbereitungen zur Weltausstellung in Flushing Meadows. Bil Baird hatte eine fast revolutionäre Puppenshow auf vier Drehbühnen für die Chrysler-Ausstellung entworfen, mit Puppen, die aus Autoteilen bestanden. Er stellte Jerry ein, der bereits in Bairds Puppentheater im Village gearbeitet hatte, und auch ich arbeitete für Bil, ließ Puppen aus Vergasern, Kolben, Schrauben und Muttern lebendig werden.

Jerry und ich söhnten uns aus und mieteten ein Haus nahe den Märkten des Queens Boulevard. Wir liebten uns noch immer und wollten versuchen, unsere Ehe zu retten. Wir paßten nicht recht in das Arbeiterviertel Elmhurst – ich mit meinen silbernen Ringen und indianischen Hochzeitsschuhen, und Jerry mit seinem Bart und der Gitarre, doch das war nicht weiter wichtig, denn wir konzentrierten uns auf unsere Arbeit, unsere Ehe und Christine. Selbst wenn wir darüber nachgedacht hätten – wir hätten uns nicht geändert.

Christine war ständig erkältet, so wie die meisten Kinder in der Nachbarschaft. Ihr permanenter Husten schien eine Nebenerscheinung der Erkältung zu sein und beunruhigte mich nicht weiter. Doch ihre Bauchschmerzen wurden nicht besser. Unsere Ärztin stand vor einem Rätsel.

Im Winter 1965, bevor die Weltausstellung ins zweite Jahr ging, besuchte ich wieder einmal meine Familie. Meine Mutter hatte einen Englischprofessor vom Ithaca College, Mr. Taylor, zum Essen eingeladen. Christine saß mit uns am Tisch, und Mr. Taylor fiel auf, daß sie nicht dasselbe wie wir zu essen bekam. Ich erklärte ihm, daß Christine auf Gluten allergisch reagierte.

»Oh, hat sie Zöliakie?« fragte Mr. Taylor. Sein Wissen erstaunte mich. Die meisten Leute hatten noch nie etwas davon gehört.

Während meine Mutter und Mr. Taylor noch eine Tasse Tee tranken, ging ich hinauf, um Christine ein Bad einzulassen. Ihr Bauch war wieder völlig verhärtet, wie verknotet.

»Oh, Mommy«, sagte sie, »mir ist nicht gut.« Sie hatte Durchfall und verbrachte eine Weile auf der Toilette, vor Schmerzen vornübergebeugt. Wenn Christine diesen Durchfall hatte, roch es immer übel, süßlich und beißend wie faulende Orangen.

Mr. Taylor hatte selbst kleine Kinder, und er fand Christine ganz bezaubernd. Er kam zu uns herauf und sagte ihr Gute Nacht, bevor sie in die Badewanne stieg. Später wuschen meine Mutter und ich gemeinsam ab, und sie sagte zu mir: »Liebes, wir haben uns vorhin über Christines Diarrhöe und den Geruch von Orangen unterhalten.«

»Ja, sie hat es mal wieder.«

»Nun, weißt du, Mr. Taylor war sehr still, nachdem er sich von Christine verabschiedet hat. Er setzte sich zu mir, und ich schenkte ihm Tee nach, doch er trank nicht. Dann sagte er plötzlich, daß er sich wegen Christine Sorgen mache.«

»Weshalb?«

»Er sagte, sein Sohn hätte das gleiche Problem, und die Ärzte dachten zunächst, es sei Zöliakie, wie bei Christine. Doch bald darauf wurde bei ihm Mukoviszidose diagnostiziert.«

Ich hörte auf, die Teller zu spülen und schaute meine Mutter an. Deshalb also hatte er gewußt, was Zöliakie ist.

»Was ist Mukoviszidose?«

»Eine Lungenkrankheit. Erblich – glaube ich.«

»Aber wer in unserer Familie hatte so etwas?«

»Keiner, soweit ich weiß.«

Ich sagte nichts weiter. Zunächst war ich verärgert über meine Mutter. Ihr entging nichts. Wie konnte sie überhaupt nur annehmen, daß Christine so etwas haben könnte? Doch ich hatte ein ganz sonderbares Gefühl; es schnürte mir die Kehle zu, so als wäre ich mit etwas Furchterregendem, das ich nicht sehen konnte, in einem dunklen Raum eingesperrt. Immer wieder mußte ich an die Zöliakie denken. Mr. Taylor hätte es niemals gewagt, die Diagnose bei Christine in Frage zu stellen, wenn er keinen guten Grund dafür gehabt hätte. Dazu war er einfach zu höflich. Daß auch bei seinem Sohn, genau wie bei Christine, Zöliakie diagnostiziert wurde, ängstigte mich. Und bisher hatte die spezielle Diät nicht sonderlich angeschlagen.

Am nächsten Nachmittag ging ich in die Bibliothek in Cornell. Zwei Stunden später fand ich drei vernichtende Zeilen in einer Enzyklopädie. Mukoviszidose war eine erbliche Kinderkrankheit der exokrinen Drüsen (ich wußte nicht, welche das waren). Die Krankheit wurde 1938 entdeckt. Sie war tödlich.

Ich saß auf dem Boden zwischen den Regalen, und meine Gedanken rasten. Wenn die Krankheit erst 1938 entdeckt worden war, wie sollte meine Mutter dann wissen, ob jemand in ihrer Familie oder der meines Vaters sie gehabt hatte? Sie waren in den zwanziger Jahren aufgewachsen. Die Symptome konnten damals nicht Mukoviszidose zugeordnet werden. In der Enzyklopädie stand, daß die durchschnittliche Lebenserwartung dieser Kinder bei fünf Jahren lag. Ein Knoten bildete sich in meinem Magen, der tagelang blieb.

Zurück in New York, befragte ich unsere Kinderärztin nach Mukoviszidose.

»Ich glaube nicht, daß wir es damit zu tun haben«, sagte sie, »aber wir sollten es vielleicht besser in Betracht ziehen. Wir können einen Schweißtest im New York Hospital machen lassen – um ganz sicherzugehen.«

»Was ist ein Schweißtest?«

»Kinder mit Mukoviszidose haben zuviel Salz in ihrem Schweiß. Auf diese Weise kann man es herausfinden.«

»Ich dachte, es ist eine Lungenkrankheit.«

»Nicht ganz. Es beginnt mit den exokrinen Drüsen im Pankreas, die Schleim und Schweiß produzieren. Ein genetischer Fehler führt dazu, daß die Drüsen verdickte Sekrete produzieren, die die Lungen und den Verdauungsvorgang blockieren. Der Salzgehalt im Schweiß ist leicht zu messen, und die Methode ist verläßlich.«

»Hat sie vielleicht deshalb Diarrhöe, wegen verschleimter Verdauungsprozesse?« Das hörte sich nicht tödlich an.

»Das wäre möglich.« Die Ärztin vereinbarte im New York Hospital einen Termin für den Schweißtest und korrigierte Christines Diät. Sie strich jegliches Fett von der Liste: keine Butter, keinen Käse, Schinken oder Schokolade. Doch sie erlaubte Brot.

Als Christine am nächsten Morgen vor zwei Toasts mit Marmelade – ohne Butter – saß, krähte sie fröhlich: »Mommy, bin ich jetzt nicht mehr gegen Brot allergisch?«

»Das wissen wir noch nicht ganz sicher, aber du wirst es eben probieren. Wir werden sehen, was geschieht.«

Wenn ich an dieses Jahr zurückdenke, kommt es mir vor, als würde ich versuchen, durch einen dichten, faltigen Vorhang zu schauen. Der erste Schweißtest brachte kein Ergebnis. Ich schrieb meiner Mutter:

11. Januar 1965

Liebe Mom,

zu meiner Verärgerung muß der Test wiederholt werden. Verdammt! Sie haben nicht genug Schweiß bekommen. Das ist in meinen Augen unentschuldbar. Sie müssen doch wissen, wieviel sie brauchen. Die Ärztin entschuldigte sich mehrmals. Arme Christine. Am 29. Januar findet der nächste – und hoffentlich letzte – Test statt.

Ich mußte meine Arbeitslosenunterstützung abholen, aber Jerry hat mir erzählt, daß sie zwei Elektroden an der Innenseite ihres Unterarms befestigten, die von einem zehn Zentimeter im Quadrat messenden Gummipflaster gehalten wurden. Die Elektroden wurden mit Elektrizität gespeist und erhitzten sich. Die Prozedur dauerte sechs Minuten, und Christine hat die ganze Zeit geweint. Die Schwester meinte, aus Angst und Unbehagen, doch ich habe bereits gelernt, was diese Euphemismen bedeuten, die sie gebrauchen, wenn es um Schmerzempfinden geht.

Wenn ein Arzt zu dir sagt: »Das wird jetzt ein klein bißchen weh tun«, heißt es, daß es schmerzt. Wenn sie sagen: »Sie könnten etwas spüren«, bedeutet es, daß es höllisch weh tun wird.

Ich glaube, daß sie ihren Arm verbrannt haben, denn an den Stellen, wo sich die Elektroden befanden, sitzt jetzt Schorf. Sechs Minuten können eine sehr lange Zeit sein.

Jerry und ich sind außer uns, und wir beide fühlen uns, als stünde die Zeit so lange still, bis wir ein Ergebnis haben. Ich bin natürlich mit meinen Nerven am Ende. Doch wenigstens habe ich einen guten Kindergarten für Christine gefunden, für nur zehn Dollar die Woche.

In Liebe, Jacquie

Auch der zweite Test brachte kein Ergebnis, und so folgte ein dritter. Die Ärztin teilte uns mit, daß das Ergebnis negativ war. Ich schrieb meiner Mutter:

20. Februar 1965

Liebe Mom,
wenig Neuigkeiten, *außer* daß Christine *keine* Mukoviszidose hat,... unsere Gebete wurden erhört. Nessie [meine Schwester] arbeitet jetzt auch mit Puppen, und vielleicht stellt Bil Baird sie für das zweite Jahr der Weltausstellung ein. Alles ist so gut, wie es nur sein kann... zum ersten Mal seit langer Zeit.

In Liebe, Jacquie

Doch Christines Verdauungsprobleme verschwanden auch nach dem dritten Test nicht. Wie oft, wenn sie gerade mit irgend etwas beschäftigt war, sagte sie zu mir: »Mommy, mir geht es nicht gut.« Wir ließen dann alles stehen und liegen, bis ihre schrecklichen Bauchschmerzen vorüber waren. Wir setzten ihre Diät immer wieder anders zusammen, um festzustellen, ob es daran lag.

Zu diesem Zeitpunkt hätte Christine ihrer Anfälligkeit gegenüber Erkältungen entwachsen sein müssen, doch bei ihr wurde es nicht besser – im Gegenteil. Sie bekam eine Grippe in diesem Winter, erkrankte jedoch viel schlimmer, als es den Umständen entsprechend normal gewesen wäre. Die Nächte waren schrecklich und beängstigend. Sie schreckte mitten aus dem Schlaf auf, hatte entsetzliche Hustenanfälle, würgte und rief: »Mommy, Mommy!« Ich lief in ihr Zimmer und fand sie keuchend und nach Luft ringend, ihre zarten, kleinen Schultern zuckten im Kampf. Dreimal war ihr Husten so heftig, daß sie ihr Essen erbrach. Ich nahm sie hoch, naß, zitternd und elend wie sie war, und setzte sie auf meinen Schoß, um ihr warme, trockene Sachen anzuziehen. Ihr Atem ging stoßweise, und sie rang förmlich nach Luft, bis die Qual des Hustens nachließ. Dann setzte ich mich in den großen Sessel mit ihr, und sie rollte sich in meinem Schoß zusammen. Sie schlief wieder ein, hustete jedoch die ganze Nacht. Ich wachte neben ihr, mit Furcht im Herzen. Am Morgen erwachte sie auf dieselbe Weise – ein Atemzug und der nächste Hustenanfall.

Ich war entschieden gegen die Ansicht der Ärztin, daß »die Grippe einfach ihren Verlauf nehmen sollte«, und so wurden Christine Antibiotika und ein Hustensirup mit Kodein verschrieben. Ihr Zustand besserte sich erheblich, und der Husten verschwand für einige Monate, so, als sei sie niemals krank gewesen. Es schien ihr wieder gutzugehen, und ich vergaß die Mukoviszidose. Jerry und ich glaubten, das Schlimmste wäre überstanden. Sie war vier Jahre alt. Dann bekam sie wieder eine Grippe, und diese führte zu einer Bronchitis und dann zu einer bakteriellen Lungenentzündung. Christine

wurde in das Columbia-Presbyterian-Kinderkrankenhaus einge-
wiesen und erneut mit Antibiotika behandelt. Sie sprach sehr
schnell auf die Therapie an, doch ich hatte genug. Ich hatte das Vertrauen in unsere Kinderärztin noch nicht verloren; ihre Referenzen
waren hervorragend. Aber vielleicht übersah sie etwas.

»Etwas stimmt nicht«, sagte ich vorsichtig. »Sind Sie sicher, daß der
letzte Schweißtest negativ war? Beim zweiten wurde bereits ein
Fehler gemacht, vielleicht ist auch der dritte nicht eindeutig gewesen?«

Die Ärztin meinte, daß dies zwar sehr unwahrscheinlich sei, jedoch
wert, noch einmal kontrolliert zu werden. Am nächsten Tag teilte sie
mir mit, daß der Test tatsächlich positiv-negativ ausgefallen war.

Angesichts Christines weiterhin schlechtem Zustand sollten wir
einen weiteren Test machen lassen. Und so – wie in einem nie en-
denden Alptraum – machten wir alles noch einmal von vorn durch.
Christine war jetzt viereinhalb.

25. März 1966

Liebe Mom,

ich beginne den traurigsten Brief, den ich jemals schreiben werde.
Christine hat Mukoviszidose.

Jerry und ich können es nicht fassen. Er ist wie erstarrt und sagt,
ihr Leben sei vorbei. Ich habe dieses ausgebrannte, leere Gefühl
in mir, als ob der Wind durch mich hindurchwehen könne. Ich
bin nicht länger stabil und unerschütterlich. Und Christine ist
völlig ahnungslos und weiß von all dem nichts.

Was kann ich tun? Nichts hat sich verändert. Die Sonne geht weiterhin jeden Tag unter, und die CBS-Nachrichten kommen
pünktlich um sechs Uhr. Das Gras im Hinterhof ist bereits zu
hoch, um gemäht zu werden, die Autos rollen vorbei, und die
Bremsen der LKWs quietschen wie immer auf dem Queens
Boulevard. Was hat sich verändert? Nichts, aber auch nichts ist
mehr so wie zuvor.

Ich klammere mich daran, daß Christines Leben *nicht* vorbei ist, und ich werde es nicht zulassen, daß sie ein »krankes« Kind wird, selbst wenn es so ist. Sie sieht normal aus, sie hört sich normal an. Sie ist weder verkrüppelt noch blind. Da ist lediglich dieses unsichtbare Etwas in ihr, von dem die Ärzte nicht sagen können, wie schnell es seinen schrecklichen Verlauf nehmen wird... diese mikroskopisch kleine Abnormalität in ihren Genen, die verursacht, daß der Schleim in ihrem Körper dick ist und nicht dünn, wie bei uns anderen – und die sie töten wird. So ein winziges Ding. Warum können sie es nicht beheben?

Mein Instinkt rät mir, weiterzumachen und sie wie ein normales Kind zu erziehen; ich meine, wie ein gesundes. Ich darf sie nicht zu einer Außenseiterin machen, denn dann wird sie ihren Platz verlieren. Ich muß es ihr offenhalten und ihr ein normales Leben ermöglichen. Darum werde ich kämpfen. Wenn ich versuchen würde, alles für sie besonders zu machen, würde sie – und auch die anderen – merken, daß sie anders ist, und niemand wird es verstehen, denn sie sieht nicht krank aus. Es wird schwer werden.

Und doch, Mom... in stillen Momenten, wenn ich die Zeit finde, um nachzudenken, dann frage ich – Warum Christine? Lieber Gott, warum Christine? Ich werde es niemals akzeptieren, und ich weiß, daß es keine Antwort gibt.

In Liebe, Jacquie

Es wurde noch ein weiterer Test angesetzt. Dieser würde zeigen, ob der Schleim die Verdauungsenzyme, die von der Bauchspeicheldrüse produziert werden, blockierte. Ich fragte die Ärztin: Wie lange wird es dauern und wie ablaufen? Wird es weh tun? Ich wollte keine Überraschungen. Mir wurde versichert, daß es Christine nicht weh tun würde, aber es würde sie ängstigen. Ein Schlauch sollte durch ihre Speiseröhre hinunter in den Magen, weiter in den Dünndarm und dann in den Zwölffingerdarm eingeführt werden. Galle sollte zur Analyse entnommen werden. Es klang sehr einfach,

31

doch es gab ein Problem – eine kleine Klappe am Magenausgang, die sich wie eine Falltür öffnet und durch die die Nahrung den Magen wieder verläßt. Wenn eine fremdartige Substanz in den Magen eindringt oder der Patient nervös oder ängstlich ist, bleibt die Klappe verschlossen. Die Ärztin sagte, daß es immer geschieht, denn der Schlauch ist eine Fremdsubstanz, und die Kinder haben Angst. Der Test würde oft Stunden dauern, denn sie müßten warten, bis der Magen sich entspannt und der Schlauch durchgeführt werden kann.

Ich beschloß, Christine den Vorgang zu erklären, obwohl sie erst viereinhalb war. Vielleicht könnte ich, wenn ich einfache Worte benutzte, die Spannung vor der Untersuchung mildern und die Angst nehmen, die die kleine Klappe verschlossen hielt. Wenn es funktionierte, würde die Untersuchung nicht lange dauern.

»Christine, wir werden morgen wieder zu einer Untersuchung in das Krankenhaus fahren.« Angst stand ihr in den Augen. »Es ist wegen deiner Bauchschmerzen, und es wird nicht weh tun.« Ich fertigte eine Skizze an. »Dies ist dein Magen. Zwei kleine Schläuche werden in deinen Hals eingeführt: einer, durch den du atmest, und einer, durch den du schluckst. In deinem Magen ist eine gelbe Flüssigkeit, so strahlend wie Sonnenschein. Die Ärzte brauchen etwas davon, um zu wissen, ob es das ist, was dir Bauchschmerzen macht. Das kleine Röhrchen, mit dem es herausgeholt wird, schieben sie in deinen Magen, nicht in den Schlauch, durch den du Luft bekommst – damit du nicht würgen mußt. Aber vielleicht magst du das Gefühl nicht und möchtest husten, aber wenn du deinen Hals entspannst, es ganz fest versuchst, wird der Schlauch einfach daliegen und dich gar nicht stören.« Sie betrachtete meine Zeichnung. »Weißt du, was ich mit entspannen meine?«

»Nun, siehst du – ich lasse meine Hand ganz schlaff herunterhängen.« Ich ließ meine Hand baumeln. »Das ist entspannt. Wenn ich eine Faust mache – so –, ist sie nicht entspannt. Menschen können ihren Magen entspannen, wenn sie fest daran denken. Wenn du das schaffst, wird die Untersuchung ganz schnell vorbei sein.«

Als wir im Krankenhaus ankamen, wollte Christine, daß ich bei ihr bleiben und ihre Hand halten sollte. Die Schwester gab mir eine kleine Fußbank, und so war mein Kopf auf gleicher Höhe mit Christines auf der Liege.

»Mommy, darf ich auf der Seite liegen, damit ich dich anschauen kann?« fragte sie.

Die Schwester erwiderte freundlich: »Wenn du dich dann wohler fühlst, kannst du es ruhig tun.«

Christine legte sich auf die Seite und hielt meine Hand. Sie begannen, die Schläuche einzuführen, sie sanft hinunterzuschieben. Christine sah mich mit dunklen Augen an.

»Laß uns so tun, als sei heute ein ganz verregneter Tag«, sagte ich. »Die Ärzte suchen nach Sonnenschein, und du hast ihn.« Sie lag still, ihr Kinn klappte herunter, während sie versuchte, ganz entspannt zu sein. Ihr Mundsperrenreflex zuckte einige Male, doch das war auch schon alles. Ich sagte ihr, sie solle nach der strahlend gelben Flüssigkeit in dem Röhrchen Ausschau halten, und nach zwanzig Minuten sahen wir bereits, wie sie in den Becher floß.

Christine lächelte und ich auch. Sobald sie genug Flüssigkeit hatten, zogen sie die Schläuche heraus, die Schwester sagte: »Das war fabelhaft.« Sie schaute auf ihre Uhr. »Das ist ein Rekord. Noch nicht einmal eine halbe Stunde.«

Stolz nahm ich Christine in die Arme. Sie hatte es geschafft.

Das Ergebnis bewies, daß ihre Verdauungsenzyme von dem dicken Schleim blockiert wurden. Sie begann, ein künstlich hergestelltes Enzym namens Cotazyme mit jeder Mahlzeit einzunehmen, und dies setzte ihren Bauchschmerzen ein Ende.

Vier Monate später gingen Jerry und ich wieder auseinander. Diesmal endgültig. Die Kluft zwischen mir, meinem Bedürfnis nach Ordnung und Stabilität für Christine, und Jerrys anarchischer Einstellung zum Leben war einfach zu groß. Wir gingen zusammen zu einem Anwalt und setzten einen Vertrag auf. Es bestand keine Feindseligkeit zwischen uns. Ich verzichtete auf Unterhalt, und die

Unterstützung für Christine wurde auf fünfzehn Dollar die Woche festgelegt. Heutzutage scheint diese Summe lächerlich, aber wir hatten kein Geld, und Jerry hatte keine Arbeit, da die Weltausstellung zu Ende gegangen war. Wir setzten jedoch eine Zusatzklausel ein, daß die Unterstützung abhängig von Jerrys Einkommen steigen sollte. Der Rechtsanwalt wußte, daß sich die Einkommenslage eines Schauspielers sehr schnell ändern konnte.

Die Beat-Generation war verschwunden, und die Hippies nahmen ihren Platz ein. Bob Dylan tauschte seine akustische Gitarre gegen eine elektrische ein, und die Beatles tauften einen ihrer Songs »Lucy in the Sky with Diamonds« – damit war wohl LSD gemeint. Jerry nahm seine Gitarre unter den Arm und zog nach San Francisco, um mit den Hippies in Haight-Ashbury zu leben. Ich verlor den Kontakt zu ihm, doch ich erzählte Christine nichts davon.

Vielleicht hat es Jerry schlimmer als ich dachte getroffen, als er von Christines Krankheit erfuhr – obwohl ich mir nicht vorstellen kann, daß er sich noch leerer und niedergeschlagener fühlte als ich. Doch ich war immer eine Kämpfernatur gewesen und hatte vor nichts, was das Leben bringen würde, Angst. Vielleicht war ich diejenige von uns beiden, die besser ausgerüstet war, Christine großzuziehen.

Sechs Monate nach der endgültigen Diagnose konsultierte ich Dr. Agnes Wilson, eine Spezialistin auf dem Gebiet der Mukoviszidose im Columbia Presbyterian Medical Center. Sie überwies uns an die Vanderbilt-Klinik, wo Christine in den folgenden sieben Jahren von zahlreichen Ärzten behandelt wurde. Wir konnten uns keine Einzelbetreuung leisten. Das erste, was wir in der Klinik lernten, war Haltungs-Drainage. Eine junge Physiotherapeutin namens Arlene Olson zeigte mir und Christine die Übungen. Sie machte ihre Arbeit so fröhlich, als ob sie einen Schokoladenkuchen backen würde. Was wir von ihr lernten, war jedoch bei weitem nicht so süß.

Da die eigentliche Gefahr bei Mukoviszidose durch die dicken Sekrete entsteht, wird versucht, die Lungen zu reinigen. Es ist natürlich ein Kampf, den man früher oder später nur verlieren kann. Doch wenn man es nicht wenigstens versucht, stirbt das Kind früher. Deshalb wurde Haltungs-Drainage entwickelt, um die dickflüssigen Sekrete herauszuklopfen. Wir nannten es »Abklopfen«.

Zunächst inhaliert das Kind ein lösendes Mittel namens Mucomyst durch eine Sauerstoffmaske, um den Schleim in den Lungen anzufeuchten und zu lösen. Dann legt sich das Kind schräg nach unten auf einen Stapel Kissen, und der Therapeut oder die Eltern klopfen mit hohlen, festen Händen Bereiche der Brust, der Seiten, der Schultern oder den Rücken des Kindes im schnellen, wechselnden Rhythmus ab – als ob man eine Trommel schlägt. Jede Lunge hat neun Lappen, und jeder Lappen muß abgeklopft werden. Nach zwei Minuten festen Klopfens sagt der Therapeut: »Atme«, und das Kind macht einen langsamen, tiefen Atemzug, während der Therapeut seine Hand fest auf den Bereich drückt, der gerade geklopft wurde. Wenn jeder Lungenlappen geklopft und gelockert ist, setzt sich das Kind auf und hustet so tief und hart, wie es kann, um die Sekrete auszuspucken.

Nach dem Klopfen und Husten folgt eine zweite Aerosolmaske mit Antibiotika zum Inhalieren. Die Idee ist, daß die Antibiotika eventuell in die frisch gereinigten Bereiche der Lunge vordringen und Infektionen verhindern, die zu einer Lungenentzündung führen könnten.

Es scheint endlos – Maske, Klopfen, wieder Maske –, und das ist es auch. Der ganze Vorgang nimmt eine Stunde in Anspruch und wird zwei-, drei- oder viermal täglich wiederholt. Jede Behandlungsmethode bei Mukoviszidose ist auf ein und dasselbe Ziel ausgerichtet – den tödlichen Feind, die Lungenentzündung, zu verhindern. Das ist es, woran die Kinder sterben. Christine und ich haßten die ganze Abklopfprozedur, doch wir hatten keine Wahl. Das Abklopfen würde sie am Leben erhalten.

Noch im selben Jahr starb Mr. Taylors Sohn. Er wurde sieben Jahre alt.

2 In den Kreis

Die zwei Jahre, die folgten, waren hart. Ich lebte allein mit Christine in Elmhurst, war deprimiert und kam so gut wie nie raus. Meine Wut zu unterdrücken, war mir, während ich aufwuchs, immer leichtgefallen, doch jetzt begrub ich sie ganz tief in mir. Ich hatte Angst vor der Wut, vor dem Zorn; ich dachte, es könnte mich und Christine vergiften. Ich wußte damals nicht, daß Wut sehr hilfreich sein kann und einen stark macht, wenn man weiß, wie man damit umgehen muß.

Zunächst war es meine Familie, die mir die notwendige Kraft gab. Mein Vater lebte in Manhattan und ermutigte mich, mein eigenes Bekleidungsgeschäft zu eröffnen. Meine Schwestern Roberta, Francie und Vanessa kamen zu Besuch, und dann hockten wir stundenlang über den neuen Songtexten der Beatles und analysierten wirklich jede Zeile.

Oft fuhr ich mit Christine nach Ithaca; meine Mutter war immer entsetzt, weil ich stur blieb und den langen Weg Richtung Cornwell jedesmal gegen zehn Uhr abends antrat, die ganze Nacht durchfuhr und nur eine Pause an einer berühmten Raststätte einlegte, eine Stunde Fahrt von Ithaca entfernt.

»Bist du eigentlich jemals auf den Gedanken gekommen, auch nur ein einziges Mal etwas zu machen, wie es alle anderen auch tun, mein Liebes?« fragte sie. Was für eine Frage! Sie hätte es doch wissen müssen.

Einmal machte ich mich in einer magischen Nacht, mitten im tiefsten Winter, auf den Weg. Schnee war angekündigt, und ich hatte vorsorglich eine Schaufel und Schneeketten im Kofferraum verstaut, neue Batterien in meiner Taschenlampe und für Christine eine Thermoskanne mit heißem Tee. Ich packte ein paar zusätzliche Decken, Sandwiches und meine Mitgliedskarte für den Automobilclub ein, und wir machten uns auf die Reise nach Norden. Die ersten Schneeflocken fielen, noch ehe wir die Tappan-Zee-Brücke überquerten.

Der Schneesturm wütete immer schlimmer, doch nichts konnte uns aufhalten. Ungefähr gegen zwei Uhr morgens fuhr ich rechts ran und holte die Schneeketten aus dem Kofferraum. Es kostete mich eine halbe Stunde und steif gefrorene Finger, dann saßen die Ketten auf den Reifen meines Valiant. Weiter ging es, und Christine war viel zu aufgeregt, um zu schlafen. Sie kniete sich auf den Beifahrersitz, schaute aus dem Seitenfenster, wie die Straße tiefer und tiefer im Schnee versank. Die Scheinwerfer bohrten sich durch das dichte Schneegestöber vor uns, und wir begegneten immer weniger anderen Autos. Dann fand ich eine Spur, auf der ich problemlos fahren konnte, wir sangen alle Lieder, die wir kannten, und als uns keines mehr einfiel, erfanden wir einfach neue.

Ich weiß, daß ich in dieser Nacht bis an die Grenzen ging, doch es war ein richtiges Abenteuer, und wir fühlten uns ungeheuer mutig. Als wir um halb fünf Uhr morgens in die verschneite Einfahrt des Hauses meiner Mutter einbogen, stieß ich ein lautes »JUHUUU« aus, und Christine lachte und jubelte mit mir.

Als Christine in den Kindergarten kam, hatte ich so gut wie keinen Kontakt zu den anderen Müttern, und so fand auch sie niemanden, mit dem sie an den Nachmittagen spielen konnte. Doch Christine besaß eine enorme Kreativität. Weil sie einsam war, erfand sie sich einfach zwei Freunde. Sie nannte sie Talkie und Star. Bei den immer neuen Abenteuern, die sie mit ihren Freunden erlebte, sprach sie die verschiedenen Rollen mit verstellter Stimme. Als ich hörte, wie sie

Talkie und Star von der gelben Kopfsteinpflasterstraße erzählte, schneiderte ich ihr ein blaues Schürzenkleid, und sie nannte es ihr Dorothy-Kleid. Sie trug es wochenlang und reiste darin mit Talkie und Star nach Oz. Sie liebte es, sich zu verkleiden.

Abends spielte ich ihr Folksongs auf der Gitarre vor. Oft saß ich an ihrem Bett und sang, bis ihr die Augen zufielen und sie eingeschlafen war. Die Lieder, die ich aussuchte, waren andere als die Bluesnummern aus den Dreißigern, die ich im *Gaslight* gesungen hatte, wie zum Beispiel »Why Don't You Do It Right« oder »You Gotta See Your Mama Every Night«. Meist waren es Songs mit interessanten Mollakkorden, wie die von Joan Baez. Ich frage mich, wieso Christine am liebsten die Songs aus Appalachia, dem Westen oder aus England hörte, wie »Silver Dagger«, »Lily of the West«, »Barbara Allen« und »Mary Hamilton« – alles Lieder über verlorene Liebe, Mord, Elend und Gewalt. Vielleicht war es aber auch nur die Beruhigung meiner Stimme, die sie in den Schlaf sang.

Unser Leben war ungewöhnlich, in jeder Hinsicht, doch wir waren glücklich miteinander. Die meiste Zeit über blieb die Mukoviszidose im Hintergrund.

Als Christine fünf Jahre alt war, bemerkte ich, daß sie mich jedesmal beobachtete, wenn sie hustete. Wäre ich zu ihr gelaufen, oder hätte ich – ganz gleich auf welche Weise – überhaupt reagiert, hätte sie ihr Husten als Mittel eingesetzt, um meine Aufmerksamkeit auf sich zu lenken, wie es wohl jedes Kind getan hätte. Ihr Husten mußte so normal sein wie ein Schluckauf. In dieser ersten Zeit war es noch relativ einfach, mich so zu beherrschen, daß ich es bald lernte, nicht zu reagieren, es sei denn, es war wirklich ernst. Ich setzte meist eine gleichgültige Miene auf, und schon binnen weniger Wochen waren ihre forschenden Blicke wieder verschwunden.

Später lernte ich, daß es einen noch wichtigeren Grund gab, nicht zu reagieren, als nur den, sie nicht verwöhnen zu wollen. Ich las in Dr. Spock's Buch *Säuglings- und Kinderpflege*, daß ich Christine, wenn ich zur Arbeit gehen würde und sie mit einem Babysitter zu Hause bleiben mußte, fröhlich umarmen und gehen sollte, auch wenn sie sich an mich klammerte und weinte. Nur so würde sie darüber hinwegkommen. Würde ich jedoch besorgt reagieren und zu lange zögern, könnte sie denken: »Ich will nicht, daß meine Mutter mich allein läßt, und ich merke, daß sie mich auch nicht verlassen will. Ganz bestimmt wird etwas Schreckliches passieren.« Und dann würde sie wirklich Angst bekommen. Mit ihrem Husten verhielt es sich ähnlich. Wenn ich sie meine Besorgnis sehen ließe, würde sie annehmen: »Mommy macht sich Sorgen um meinen Husten, es muß etwas sehr Schlimmes sein.« Ihren Husten mit Gelassenheit zu nehmen, würde ihr helfen, zu einem angstfreien, stabilen Kind heranzuwachsen. Dr. Spock hatte in beiderlei Hinsicht recht.

In diesem Sommer, als die Hippiebewegung die Titelseiten der etablierten Magazine schmückte, entdeckten Christine und ich die Schönheit des Robert-Moses-Parks und die urwüchsigen Felder des Jones-Strandes. Eigentlich schon zu erwachsen, um mich zu den Blumenkindern zu zählen, fühlte ich mich zu der Bewegung dennoch hingezogen und trug ihre Embleme, wie zum Beispiel die typische John-Lennon-Nickelbrille, handgearbeiteten Schmuck und zusammengerollte Halstücher, ins Haar gebunden. Ich genoß die Blicke, die wohlgesonnenen ebenso wie die geringschätzigen, wenn sich unser Valiant in die Ströme der Autos einreihte, die hinunter zum Jones-Strand rollten.

Meine Arbeitslosenunterstützung war ausgelaufen; eine Weile konnten wir noch von dem Geld leben, das ich von meinem Job bei der Weltausstellung gespart hatte. Ich begann die Kleider für meine erste Kollektion zu schneidern. Ich nähte in der Mansarde, abends, wenn Christine schlief.

1967, als sie sechs Jahre alt war, wurde es Zeit für sie, eingeschult zu werden. Wir lebten noch immer in dem Haus in Elmhurst, teilten es uns jetzt jedoch mit einer stillen, aber lieben neunzehnjährigen Französin namens Marie Jean, die als Au-Pair-Mädchen zu uns gekommen war. Sie lebte ein ganzes Jahr bei uns, aber ich glaube, ich habe sie nie die Toilette benutzen sehen, und auch sonst hinterließ sie keinerlei Spuren, bis auf die hübschen Sachen, die sie für Christine strickte.

Irgendwie verstrich der Tag der Schuleinschreibung unbemerkt. Die Schule fing an, und Christine durfte nicht hin, weil sie nicht registriert war. Am zweiten Schultag ging ich mit ihr zum Schularzt und füllte dann auf dem Schulamt die notwendigen Formulare aus. Am dritten Schultag ging sie zum ersten Mal zum Unterricht. Ich war unendlich wütend auf mich und meine eigene Schlampigkeit. Ungewöhnlich zu leben, das war okay – unverantwortlich jedoch nicht.

Doch alles schien glattzulaufen, und Christine meinte, daß es ihr in der Schule gefiele, obwohl sie nicht sehr enthusiastisch klang. Eines Morgens in der dritten Woche, als ich ihr dünnes Haar gerade zu kleinen Rattenschwänzen band, sagte sie: »Mommy, ich mag heute nicht zur Schule.«

»Jeder muß zur Schule gehen, Chris. Macht's dir keinen Spaß?« Sie schwieg einen Augenblick, dann antwortete sie leise: »Eigentlich schon.«

»Wünschst du dir, schon ein paar Freunde zu haben?« Sie zuckte die Achseln und schwieg. Das war ihr gar nicht ähnlich.

»Wirst schon sehen, Christine, bald hast du Freunde. Es dauert eben eine kleine Weile.«

Am nächsten Morgen wieder dieselbe Reaktion: Sie wollte nicht zur Schule gehen. Ich setzte mich zu ihr auf das Bett. Vielleicht gab es ein Problem, das sie nicht artikulieren konnte. Ich lehnte mich zu ihr hinüber und kitzelte ihre Wange mit dem kleinen Pinsel ihres Rattenschwanzes.

»Wie wäre es, wenn ich dich heute mal zur Schule bringe? Wenn wir früh genug da sind, kann ich mit deiner Lehrerin reden.« Sie sah erleichtert aus.

Wir waren natürlich nicht früh genug da. Als wir bei der Schule angekommen waren, konnte man bereits die Kinder auf dem Schulhof lärmen hören. Wir gingen in das Gebäude und blieben an der Tür des leeren Klassenzimmers stehen. Ich beugte mich vor und warf einen Blick hinein. Die Tische waren in der Form eines umgedrehten Hufeisens aufgestellt, der Tisch der Lehrerin stand mit dem Rücken zur Tür.

»Welcher ist dein Tisch, Christine?«

Sie zeigte zur Rückwand des Klassenraumes. Ganz am Ende des Zimmers, außerhalb des Kreises, stand ein verloren wirkender Tisch.

»Dein Tisch ist der dort hinten?«

Sie schaute mich mit großen Augen an. Kalte Wut ballte sich in meinem Inneren zusammen. Ihr Tisch befand sich außerhalb des Kreises. Ich kniete mich neben ihr hin.

»Oh, Christine, kein Wunder, daß du nicht gern zur Schule gehst. Was geht nur in deiner Lehrerin vor? Komm, wir gehen und suchen sie. Sie täte besser daran, die Tische sofort umzustellen.«

Christine war still und verängstigt, aber als ich ihre Hand nahm, sagte sie: »Ich glaube, sie ist auf dem Hof.«

»Komm.« Ich war stolz, daß sie nicht zurückwollte, als wir den Flur zu den anderen Kindern hinuntergingen. Ich dachte, ich müßte weinen, doch dann verdrängte meine Wut die Tränen; ich holte tief Luft und versuchte, mich unter Kontrolle zu bekommen. Ich wollte die Situation nicht noch verschlimmern. Ich stieß die Tür zum Pausenhof auf und blieb stehen. Dann beugte ich mich zu Christine hinunter und fragte: »Kannst du sie sehen?«

Christine nickte und antwortete: »Da drüben steht sie.«

Eine ältere Dame, die sicher kurz vor der Pensionierung war. Sie trug einen gelangweilten Gesichtsausdruck, der noch nicht einmal von ihrem Lippenstift aufgefrischt wurde. Wie konnte man jemanden wie sie für die Erstkläßler einsetzen? Arme Christine. Ich ging zu ihr hinüber, mit Christine an der Hand.

»Sind Sie Christines Lehrerin?« Sie wandte sich mir zu und bejahte die Frage. Meine Wut kehrte zurück.

»Ich bin Christines Mutter. Wie können Sie es wagen, ein Kind auf diese Art und Weise von den anderen zu isolieren – sie ganz allein und außerhalb des Kreises an einen Tisch zu setzen?« Sie versteifte sich. »Sind Sie noch ganz bei Trost? So etwas habe ich ja noch nie erlebt.« Sie öffnete den Mund und wollte protestieren, doch ich war noch nicht fertig. »Ich will, daß das heute noch geändert wird.« Sie wurde rot und sagte: »Es tut mir leid, aber so ist es nun einmal. In dieser Klasse waren bereits einunddreißig Kinder... schon viel zu viele.« Ich zitterte vor Ärger, doch sie fuhr fort. »Und dann wurde mir mitgeteilt, daß noch ein Kind dazukommt. Nun, es war kein Platz mehr, und ich kann die Tische nicht verrücken.« »Sind die etwa am Boden festgeschraubt?« fauchte ich zurück. »Sie passen einfach nicht anders. Ich habe...«

Ich unterbrach sie. »Jetzt hören Sie mir mal zu: Es ist nicht Christines Schuld, daß Sie zweiunddreißig Kinder unterrichten müssen. Ich werde Sie vor den Direktor zitieren, und ich werde Sie *und* den Direktor morgen früh vor das Schulamt zerren, wenn Sie nicht sofort etwas unternehmen!« Ich weiß nicht, was ich erwartet hatte, doch sie starrte mich nur an, als würde sie das gar nicht berühren. Wenn ich sie weiter bedrängte, würde sie wahrscheinlich nur noch sturer reagieren, doch mit Christine an der Hand und im Vertrauen auf meinen Instinkt, gab ich meinen Worten den nötigen Nachdruck. »Stellen... Sie... die... Tische... um! Heute noch!«

Dann drehte ich mich abrupt um und eilte mit Christine zurück in das Schulgebäude. Zum Weinen blieb keine Zeit. An der Treppe hielt ich inne und klammerte mich an das Geländer. Ich atmete tief durch und versuchte, mich zu beruhigen. Doch das Bild von Christine, wie sie den ganzen Tag ganz allein, ausgestoßen und isoliert an ihrem Tisch saß, wollte mir nicht aus dem Kopf gehen. Es war schon schwer genug für sie, wie die anderen Kinder zu sein. Dies war mein Fehler. Ich mußte mich beruhigen. Ich sah Christine an und strich ihr über das Haar. Ich fühlte mich besser, als ich sie berührte. »Bist du okay?« fragte ich sie.

Wieder ein kleines Nicken.

»Gut. Dann komm, ich werde jetzt mit dem Direktor sprechen, und ich muß versuchen, daß ich nicht so wütend werde wie eben. Er kann ja nichts dafür.«

Im Vorzimmer fragte ich nach dem Direktor, doch ich konnte nur seinen Stellvertreter sprechen. Nachdem ich mich vorgestellt hatte, erklärte ich ihm die Situation. Er unternahm keinen Versuch, das Verhalten der Lehrerin zu entschuldigen; aber er verurteilte sie weder, noch stimmte er mir zu.

»Ich werde heute in die Klasse schauen und sehen, was ich tun kann.«

»Ich muß Sie aber um mehr als das bitten. Ich möchte sichergehen können, daß Christines Tisch morgen früh bei den anderen steht.«

Christine ließ den Mann nicht aus den Augen.

»Ich kann Sie wirklich verstehen, Mrs. Nelson, aber ich will nichts versprechen.« Er sagte es weder grob noch besonders freundlich.

»Da gibt es noch etwas. Ich war ziemlich ungehalten gegenüber Christines Lehrerin, gerade eben auf dem Hof. Wie kann ich sicher sein, daß sich das nicht auf Christine auswirkt?« Ich spürte, wie Christine mich ansah.

Er hob die Augenbrauen. »Sie ist eine erfahrene Lehrerin und würde so etwas *niemals* tun.«

»Ich hoffe, Sie haben recht.«

Christine und ich gingen langsam nach Hause. Ich fühlte mich schrecklich. Das würde ich niemals wiedergutmachen können. Am Nachmittag schnitzten wir mit Marie Jean Kürbisse, und das heiterte uns ein wenig auf. Am nächsten Tag stand Christines Tisch zwischen den anderen. Doch die Kinder spürten die ablehnende Haltung der Lehrerin ihr gegenüber und freundeten sich nie wirklich mit Christine an. Im Januar gelang es mir, mit finanzieller Unterstützung meiner besten Freunde Nancy und Joe, für Christine einen Platz an einer kleinen Privatschule in Long Island City zu bekommen. Bald darauf zogen wir nach Jackson Heights.

Als Christine im zweiten Schuljahr war, gestand sie mir eines Tages: »Mommy, ich mag es nicht, wenn ich vor allen Leuten immer husten muß. Sie mögen es auch nicht.«

»Aber dein Husten ist nicht ansteckend, Liebes.«

»Aber woher sollen die Leute das denn wissen?« Eins zu null für sie.

»Nun, ich glaube, das können sie wohl nicht. Deshalb solltest du immer daran denken, die Hand vor den Mund zu halten und dich wegzudrehen, wenn du hustest.«

Doch statt dessen brachte sie sich selbst bei, nicht in der Öffentlichkeit und vor anderen zu husten. Ab und zu konnte sie es nicht verhindern, doch meistens gelang es ihr, den Husten zu unterdrücken und alle Welt glauben zu machen, sie sei völlig gesund.

3 Das Dampfzelt

Im Jahr 1968, als Christine sieben war, empfahl uns die Vanderbilt-Klinik, sie unter einem Dampfzelt schlafen zu lassen. Die Feuchtigkeit würde helfen zu verhindern, daß sich die gefährlichen Sekrete in den engen Gefäßen ihrer Lunge festsetzten.

Das ergab einen Sinn. Das Abklopfen bei Christine war so, als würde man Ketchup aus einer Flasche klopfen. Mein Vater hatte mir, als ich selbst noch ein Kind war, beigebracht, daß man zähflüssiges Ketchup, das nicht aus der Flasche will, mit einem Tropfen Wasser lösen kann. Man gab einfach den Tropfen in die Flasche, schüttelte sie, und schon löste sich das Ketchup. Vielleicht würde das Dampfzelt nach dem gleichen Prinzip funktionieren.

Wir hatten bisher noch nie ein Dampfzelt gesehen, also zeigten uns die Schwestern im Krankenhaus eines in der Säuglingsabteilung. Es war gerade ohne Dampf, da die Klappe an der Vorderseite des Zeltes aufgerollt und das Bett leer war. Es wirkte trotzdem furchteinflößend – ein Plastikgefängnis, kein Bett zum Schlafen für ein Kind.

An einem eisigen Morgen im Januar, als mein Atem seinen eigenen Dampf produzierte, fuhr ich zu einem Geschäft für Inhalationsgeräte auf der Second Avenue, Ecke 92d Street. Mit dem Zelt und einer dreiseitigen Gebrauchsanweisung kehrte ich heim. Am Nachmittag, während Christine noch in der Schule war, baute ich das Zelt auf.

Ich brauchte bereits eine Stunde, bis der Rahmen zusammengesteckt und unter dem Kopf- und Fußende ihrer Matratze befestigt war. Als ich dann das durchsichtige Plastik über den Rahmen zog, entstand ein würfelförmiges Zelt, so wie das im Krankenhaus. Die weißen Schläuche, die an den dazugehörenden Wassercontainer angeschlossen waren, steckte ich in die oberen, dafür vorgesehenen Öffnungen des Zeltes. Eine elektrische Pumpe trieb Propylen Glycol und Wasser durch den blauen Container und verwandelte das Wasser in einen feinen Nebel. Als ich die Vorderklappe herunterließ und die Pumpe anstellte, zischte der Dampf in das Zelt. Ich haßte das alles von der ersten Sekunde an. Ich verließ den Raum – der Motor summte, der Dampf zischte.

Eine Stunde später hatte sich das Zelt in eine weiße Nebelhöhle verwandelt. Der Dampf würde Christine völlig verschlingen, ihr Zimmer würde wie ein Krankenhauszimmer aussehen, und sie wäre jede Nacht ganz allein darin gefangen. Ich steckte meinen Arm für einen Augenblick durch die Klappe und spürte, wie sich die Feuchtigkeit auf meine Haut legte. Dann schlug ich die Klappe zurück.

Der Dampf flutete in das Zimmer und löste sich auf. Ich stellte die Pumpe ab und lauschte erleichtert der Stille.

Als Christine von der Schule heimkam, blieb sie am Eingang ihres Zimmers stehen und starrte das Zelt an. Ihr Gesicht war ungerührt, die Augen groß, als sie fragte: »O Mommy, muß ich wirklich in diesem Ding schlafen?«

Sie schaute mich nicht an, denn sie kannte die Antwort, und leise erwiderte ich: »Ja, Christine.«

Sie drehte sich zu mir um und preßte das Gesicht in meinen Schoß. Ich umarmte sie und sagte wenig überzeugt: »Vielleicht wird es gar nicht so schlimm.« Machte ich Scherze? Es war schlimm.

An diesem Abend lief sie fort. Die ganze Woche über schon waren die Nächte kalt und frostig gewesen, Nächte von der Art, wo man heilfroh ist, wenn man in einer warmen Küche sitzen kann. Ich stellte das Essen auf den Tisch und rief Christine. Es kam keine Antwort, also ging ich in ihr Zimmer, fand jedoch lediglich einen laufenden Fernseher vor. Verwirrt suchte ich die ganze Wohnung und die Diele nach ihr ab, rief sie. Nichts. Hatte sie sich versteckt? Ich schaute in jedem Schrank nach. Keine Christine.

War sie etwa, ohne Bescheid zu sagen, zu ihrer Freundin Heather gegangen? Das hatte sie noch nie getan, dennoch rief ich dort an. Sie war nicht bei Heather. Ich ging zur Eingangstür. Das kniehohe Ablagetischchen in unserer Diele war leer, bis auf einige ungeöffnete Briefe. Manche Briefe ließ ich oft lange ungeöffnet liegen. Ich zog die mittlere Schublade auf und fand ein gefaltetes Blatt Papier. Ich wußte sofort, daß es eine Nachricht von Christine war.

Liebe Mommy,
ich mag das Zelt nicht. Ich will nicht darin schlafen. Ich bin wegge-
laufen. Ich habe das Geld aus meinem Sparschweinchen genommen.
Ich bin nicht böse auf Dich. Ich liebe Dich.
                                          OO XX Christine

Mein Gott, sie ist doch noch so klein, dachte ich, und es ist kalt und stockfinster da draußen. Ich spürte, wie mein Herz zu rasen begann. Ihr Mantel war weg. Ich nahm mir meinen Mantel und lief aus dem Haus.

Die Kälte stach mir in den Lungen, und ich atmete kleine weiße Wölkchen aus, wie eine Dampfmaschine. Welchen Weg konnte sie gewählt haben? Jackson Heights war sehr übersichtlich, mit symmetrisch angelegten Straßen und Häuserblocks. Ich parkte das Auto stets in einer Seitenstraße zu meiner Linken. Sie kannte diesen Block, dort würde sie hingehen. Ich fing an zu laufen, wandte mich nach links und rief nach Christine. In den Wohnungen ringsum brannte Licht, die Straßen waren menschenleer. Alle saßen zu Hause beim Abendessen. Drei Häuserblocks lang gab es keine Geschäfte. Ich rannte, nahm meine Panik gar nicht wahr; sie kam mir völlig natürlich vor. Ich lief auf eine alte Frau zu, und plötzlich schämte ich mich. Ich hörte auf, nach Christine zu rufen, als ich an der alten Lady vorbeiging. Dann dachte ich: Was mache ich denn!

Was spielt das für eine Rolle, was die Frau denkt? Vielleicht hat sie Christine ja sogar gesehen. Ich lief zu ihr zurück.

»Entschuldigen Sie, Madame, aber haben Sie ein kleines, blondes Mädchen gesehen, das ganz allein unterwegs ist?«

Die Frau sah mich überrascht an, schüttelte dann verneinend den Kopf.

Ich lief weiter die Straße hinunter und bog dann wieder nach links ab. Niemand zu sehen. Ich lief weiter. Wie lange konnte sie schon weg sein? Am Ende des Häuserblocks schaute ich mich nach allen Richtungen um: eine grüne Ampel weiter die Straße runter, eine rote rechts, Autoscheinwerfer, aber nirgends ein kleines Mädchen.

Ich wandte mich wieder nach links, in Richtung unserer Straße. Ich sollte die Polizei anrufen und dann mit dem Auto selbst nach ihr suchen. Was ich hier tat, dauerte viel zu lange. Doch da, an der Ecke unter der Laterne, da war Christine. Ich hörte auf, ihren Namen zu rufen, und eilte ihr auf Zehenspitzen nach. Was, wenn sie erschrak und blindlings auf die Straße lief?

Ich war ungefähr noch zehn Meter von ihr entfernt, als sie meine Schritte hörte und sich umdrehte. Ich rief »Chris!«, rannte zu ihr und nahm sie in meine Arme.

Sie war wie gelähmt, weinte nicht. Ich hielt sie so fest umschlungen, daß es ihr unmöglich war, mich zu umarmen. Dann ließ ich sie los.

Mit großen Augen starrte sie mich an und brach dann plötzlich in Tränen aus.

»O Mommy, es tut mir leid. Es tut mir wirklich leid. Ich wollte nach Hause. Es ist so dunkel, und ich hatte solche Angst. Oh, es tut mir leid.« Die Worte kamen zwischen Schluchzern hervor. Ihre kleine Nase lief, und ihr Gesicht war ganz naß von den Tränen, die sie die ganze Zeit zurückgehalten haben mußte. Es gab nichts, was ich tun konnte, um das Zelt verschwinden zu lassen. Ich kniete mich neben sie.

»Chris, ich verstehe, daß du Angst hast. Es ist dunkel hier draußen, kalt und einsam.« Unser Zuhause würde uns im Gegensatz dazu wie das Paradies erscheinen. »Ich kann einfach nicht fassen, daß du ganz allein hier herumgelaufen bist.«

Ich blieb einen Augenblick lang stehen und nahm sie erneut in die Arme. »Wolltest du wirklich gerade nach Hause?« Sie nickte, und ich nahm ihre Hand. Wir betraten gemächlich die Eingangshalle des Hauses; ich wollte keinen von uns beiden drängen.

»Puh, ich bin ganz außer Atem. Laß uns einen Moment hier hinsetzen, ja?«

Wir setzten uns auf die drei niedrigen Stufen, die zum Fahrstuhl führten. Ich legte meinen Arm ganz fest um sie und wartete, daß sich mein Herzschlag beruhigte. Erst jetzt fing ich an zu begreifen, daß ihr Leben von weit größeren Lasten und Schwierigkeiten geprägt sein würde, als ich sie bisher kennengelernt hatte. Und es würde ihr niemand etwas abnehmen können. Die Dinge, die ich tun konnte, um sie am Leben zu halten, würden ihr eher wie Bestrafungen erscheinen. Was, wenn sie mich dafür einmal hassen sollte? Schon jetzt war sie mürrisch, wenn ich zweimal täglich die Prozedur des Abklopfens bei ihr absolvierte. Auch wenn ich mir dabei keinerlei Verärgerung ihr gegenüber anmerken ließ, so hatte ich manchmal dennoch das Gefühl, daß sie spürte, wie mir innerlich zumute war.

Als wir so beisammensaßen, fragte Christine in die Stille hinein: »Mommy, können wir nicht bis nächste Woche warten? Ich mag das Zelt nicht.«

»Ich mag es auch nicht, Chris. Eine Woche ist zu lange, aber ich glaube, ein oder zwei Tage wären schon möglich. Aber dann werden wir es ausprobieren. Die Ärztin sagte, daß es sehr gut ist für deinen Morgenhusten, und wenn du dich erst mal dran gewöhnt hast, dann wärst du richtig froh. Wenn die Sekrete schön feucht bleiben, werden sie dich am Morgen nicht mehr so quälen, und wir werden beim Abklopfen mehr rausbekommen.« Sie starrte ins Leere. »Wenn es wirklich zu furchtbar sein sollte, werde ich die Ärztin anrufen und ihr sagen, daß wir es nicht wollen.«

Sie saß sehr still da. Bisher hatte sie sich noch nie beschwert, doch jetzt wirkten ihre Augen traurig und müde. Ich zog ihr sanft den Skianorak aus und rollte ihn in meinem Arm zusammen, achtete darauf, daß die Münzen nicht aus den Taschen fielen. Eines ihrer Lieblingsbücher, *B für Betty*, war bereits auf den Boden gefallen. Es mußte einen Weg geben, es ihr mit dieser Sache ein wenig leichter zu machen. Ich wußte, daß sie sich selbst ablenken konnte. Es war ihr sogar gelungen, Spaß zu haben, als sie mit der Lungenentzündung im Krankenhaus lag. Ich hatte eine Idee, und es war mir egal, ob Dr. Spock sie befürwortet hätte oder nicht. Zu dieser Zeit schlief ich in einem Einzelbett und Christine in dem großen Ehebett. Ich hatte es ihr überlassen, genau wie das größere Zimmer, damit sie später, wenn ihre Freundinnen bei ihr übernachten würden, mehr Platz zum Spielen hatte.

»Christine, würde es helfen, wenn ich mit dir zusammen im großen Bett schlafe? Das Zelt ist zu klein für uns beide, aber ich wäre direkt neben dir, und wir könnten uns festhalten, wenn du deine Hand unter der Plastikplane durchsteckst.«

Sie warf mir einen Blick zu, als würde sie ihren Ohren nicht trauen.

»Aber Mommy, Kinder schlafen in *ihrem* Bett und Erwachsene in ihrem *eigenen*.«

»Ich weiß, Chris, das habe ich immer gesagt. Aber im Moment ist eben alles ein wenig anders. Ganz abgesehen davon – ich liebe das große Bett.«

»Oh, das wäre viel, viel besser…«

»Gut, dann werden wir es so machen. Ab morgen. Und jetzt laß uns raufgehen, ich habe Hunger.« Wir fuhren in unsere Wohnung, und auf diese Weise gelang es uns, das Dampfzelt zu akzeptieren. Am nächsten Abend legte ich mich neben Christine, und sie hielt für ungefähr zwanzig Minuten, nachdem die Pumpe angesprungen war, meine Hand. Dann ließ sie mich los und kuschelte sich auf die Seite, umhüllt von dem dichten, weißen Nebel. Nach ein oder zwei Wochen hielt sie meine Hand nicht mehr fest.

Wir gewöhnten uns nie wirklich an das Zelt, nicht ein kleines bißchen. Sie haßte das verdammte Ding, und mir ging es ebenso. Anstatt morgens warm und weich in einem gemütlichen Bett aufzuwachen, saß sie feucht und zitternd auf ihren Kissen, das klamme Haar klebte ihr im Nacken und an den Wangen. Wir wuschen ihr Haar sehr oft, denn das Propylen Glycol war klebrig und machte das Haar strähnig.

Wenn sie mitten in der Nacht aufwachte, was oft der Fall war, weil ihr Husten sehr schlimm war, schlief sie nicht eher wieder ein, bis ich sie abgetrocknet und ihr einen frischen, warmen Pyjama übergezogen hatte. Wir ließen dann den alten Dampf entweichen, schlossen die Klappe, und alles begann von vorn. Hin und wieder sagte ich: »Oh, es ist fast schon Morgen. Laß es uns einfach vergessen«, und sie bekam ein Gefühl dafür, wie es früher einmal gewesen war.

Vier Jahre später wurden die Dampfzelte als Therapie abgesetzt. Die Ärzte waren der Meinung, daß die psychologischen und emotionalen Schäden für die Kinder durch das Zelt größer waren als der erhoffte Nutzen. Das hätte ich ihnen schon nach der ersten Nacht sagen können.

Als Christine acht Jahre alt war, entwarf ich bereits seit zwei Jahren Kleider für mein eigenes Geschäft. Mit einer Freundin, die ich seit der Weltausstellung kannte, und dem Namen *Frock by Jaques* hatte es begonnen. Aus einem Loft in der 37th Street belieferte unsere kleine Firma große Geschäfte wie Bloomingdale's, Saks, Bendel's, Franklin Simon und die I. Miller's Galleria.

Wie viele andere kleine Konfektionsfirmen hatten wir nie genug Geld – um es milde auszudrücken. Mein Vater half uns mit einem Fünftausend-Dollar-Kredit auf die Beine. Unsere eigene Kreditwürdigkeit war so limitiert, daß wir die Stoffe noch vor Lieferung bezahlen mußten. Und wir mußten die Vertragspartner, die unsere Kleider herstellten, bei Anlieferung bezahlen. An jedem Monatsende gerieten wir ins Schwitzen und hofften inständig, daß keine der Firmen verspätet an uns zahlen würde, weil wir sonst die Miete für das Loft und unser eigenes Gehalt – hundert Dollar die Woche für mich und meine Partnerin Louise – nicht gehabt hätten.

Ich stand morgens sehr früh auf, machte Christine für die Schule fertig, brachte sie hin und fuhr weiter zur Arbeit in die Stadt. Eine Frau holte sie von der Schule ab und blieb bis zu meiner Rückkehr, um sechs Uhr abends, bei ihr. Dann aßen Christine und ich gemeinsam, spielten, lasen, sahen fern, absolvierten die Abklopfprozedur, und danach ging sie zu Bett. Wenn sie eingeschlafen war, setzte ich mich meist bis tief nach Mitternacht an die Maschine und nähte. Trotz der vielen Arbeit – und auch der Sorgen – war es eine sehr kreative Zeit, und ich war unabhängig.

Samstags nahm ich Christine mit ins Loft, und sie beschäftigte sich selbst, während Louise und ich unsere Kleider absteckten und nähten. Ab und zu kam sie zu mir an den Tisch, lugte über die Kante und fragte: »Was nähst du mir?« Dann nahm ich die Stoffreste und schneiderte ihr daraus Latzhosen oder Kleider. Sie zog sich gern anders an als die anderen Kinder.

In diesem Jahr zu Halloween nähte ich ihr ein mittelalterliches Prinzessinnenkostüm mit einem kegelförmigen Hut, von dessen Spitze ein Tüllschleier herunterfloß – genau das, wovon kleine Mädchen träumen, wenn sie *Grimms Märchen* gelesen haben. Das Kleid war aus pinkfarbenem Samt mit Trompetenärmeln, doch das wirklich Aufregende war der Hut. Christine sagte, das sei das Schönste, was sie je gesehen hätte.

Abgesehen von Heather, war ihr bester Freund ein kleiner, behinderter schwarzer Junge, der in einem Rollstuhl in die Schule fuhr. Christine konnte mit ihm an Halloween wegen seiner Behinderung nicht losziehen, und Heather war mit ihren anderen Freundinnen unterwegs, also machte ich mich mit ihr auf den Weg durch unser Haus. Das sah dann so aus, daß sie eigentlich allein ging. Sie sagte: »Mommy, ich möchte nicht, daß du mit an die Tür kommst, okay? Bleib einfach ein Stück zurück, damit sie nicht denken, ich sei noch ein Baby.«

Und ich antwortete: »Okay, ich bleibe außer Sichtweite.«
Ich blieb am Ende des Flurs stehen, wenn sie klingelte, und schaute um die Ecke. Sie lächelte mir zu, während sie darauf wartete, daß die Tür geöffnet wurde. Ich beobachtete sie, wie sie dort stand, mit ihrer verstopften Nase und dem Kegelhut und zu den Türspionen hochschaute. Wenn sie ihren Spruch aufgesagt hatte und die Tür sich wieder schloß, kam sie zu mir herüber und zeigte mir ihre Beute. Sie hatte viel Spaß in ihrem Kostüm, doch mir kam die Situation eher trist und kläglich vor, und ich schämte mich.

Meine eigenen Halloweens waren immer mit vielen Kindern und der Familie abgelaufen. Gemeinsam hatten wir uns durch die Berge von Süßigkeiten gewühlt, hatten gelacht und waren mit unserem Labradorhund um die Wette gelaufen. Ich hatte als Kind soviel gehabt. In Anbetracht all der Vorteile und der Ausbildung, die ich genießen durfte – war dies wirklich das Beste, was ich Christine bieten konnte? Ich schien von meinem Weg abgekommen zu sein, so, wie ich jetzt lebte – abgeschirmt wie eine Einsiedlerin, sparsam und um mein eigenes Geschäft kämpfend, nur um gerade so eben existieren zu können. Christine hatte etwas Besseres verdient. Ich versuchte mir einzureden, daß ein einsames Halloween ihr Leben nicht ruinieren würde, doch nachdem ich sie zu Bett gebracht und ihr eine Schale mit Süßigkeiten neben das Zelt gestellt hatte, fiel es mir wie Schuppen von den Augen: Mein Leben verlief im Nichts, es führte auf kein Ziel zu. Es war nicht genug, Christine abzuklopfen und mit ihr zu Ärzten zu laufen. Weshalb hatte ich das nicht früher erkannt? Um ihr ein besseres Leben zu bieten, mußte ich *mein* Leben ändern.

Ich schrieb meiner Mutter:

Manchmal verläßt mich der Mut. Ich mache mir große Sorgen um Christine, über neue Anzeichen einer Lungenkrankheit und wegen ihrer extremen Magerkeit. Sie braucht jetzt wirklich eine Pflegerin. Das Abklopfen kostet mich jedesmal vierzig Minuten, und die Kraft in meinen Armen läßt nach.

Sie braucht ein Haus auf dem Land und einen Hund. Ich wünsche es mir so sehr für sie. Ich möchte ihr mehr als nur meine Liebe geben. Es ist schwer, alles allein schaffen zu müssen.

Mein Vater war um Haaresbreite dem Tod entkommen, als ein Flugzeug, das er selbst flog, abstürzte, und es sollte etliche Jahre dauern, bis er wieder in der Lage war, an der Wall Street zu arbeiten. Meine Mutter war Rechtsanwältin, und als sich die finanzielle Situation der Familie verschlechterte, hatte sie schwer kämpfen müssen, um die fünfköpfige Familie über Wasser zu halten. Ihr eigener Kampf hatte Spuren hinterlassen, bei jedem einzelnen von uns.

Einige Monate später teilte mir meine Partnerin mit, daß die Auftragslage dermaßen gut war, daß wir nicht alle Bestellungen erfüllen könnten, da wir nicht über ausreichend Bargeld verfügten, um die benötigten Mengen an Stoff im voraus zu bezahlen. Louise fragte: »Was schlägst du vor?«

»Wir brauchen einen Engel – jemanden, der noch mal Geld in uns investiert.« Zu meinem Vater konnten wir nicht schon wieder gehen.

»Aber wen und wie?« fragte sie.

Und ich brachte etwas zur Sprache, was mir schon seit Halloween durch den Kopf gegangen war. »Ich weiß nicht, ob ich so weitermachen kann. Für so wenig Geld so viel arbeiten, den ganzen Profit wieder in das Geschäft stecken. Ich möchte Christine etwas Besseres bieten können als das.« Ich schlug vor, die Firma aufzugeben. Louise war nicht verheiratet, sie liebte Christine und verstand, unter welchem Druck ich stand. Wir schauten beide auf die Kleider, die eng zusammengedrängt auf den Stangen in unserem Showroom hingen: Die beste Kollektion, die ich je entworfen hatte. An diesem Tag und an mehreren darauffolgenden sprachen wir wieder und wieder alles durch, bis wir uns schließlich dazu entschlossen, *Frock by Jacques* zu schließen. Mein Vater half mir mit einem kleinen Überbrückungskredit.

Mein Plan war, einen Achtstundenjob zu ergattern, bei dem ich hoffte, mindestens das Dreifache von dem zu verdienen, was ich mir selbst hatte ausbezahlen können; ein Appartement in Manhattan zu finden und mein Leben in den Griff zu bekommen. Um überhaupt anzufangen, unternahm ich zwei Dinge. Ich spazierte in das Hauptquartier der Wahlkampftruppe von Robert Kennedy in der Madison Avenue und bewarb mich als Mitarbeiterin. Ein paar Stunden konnte ich entbehren, während ich mich nach einem Job umsah, und mit Kennedys Kampagne konnte ich mich identifizieren. Obendrein war es eine Möglichkeit für mich, wieder Kontakt zur Außenwelt aufzunehmen. Ich entließ die Pflegemutter und holte Christine selbst von der Schule ab. Wir gingen zusammen ins Kino, und wenn uns ein Film gefiel, schauten wir ihn uns ein zweites Mal an. In Zefferellis *Romeo und Julia* waren wir gleich dreimal, und es überraschte mich, daß Christine diesen Film mochte. Sie war damals erst im dritten Schuljahr.

Mein erster richtiger Job in der Modeindustrie war eine »Bombenstellung«. Paul Young heuerte mich für Paraphernalia an, als Ersatz für Betsey Johnson, die die Firma kurz zuvor verlassen hatte. Der Streß war allerdings so groß, daß Christine den Sommer bei meiner Mutter in Ithaca verbrachte.

Ich war keine Betsey Johnson. Ich hatte keine Erfahrung, keine Übung, und ich konnte keine Designabteilung leiten. Vier Näherinnen mußte ich täglich mit genügend Arbeit versorgen. *Frock by Jacques* war ein Kinderspiel dagegen gewesen. Nach zwei Monaten ließ mir Paul Young eine Nachricht zukommen. Er teilte mir mit, meine Kleider seien zu elegant. Es war eine wilde Zeit, die Zeit der Jugendunruhen, und er wollte für Paraphernalia Entwürfe der Art »Schockier-deine-Eltern« haben.

Ich versuchte, in diesem Stil zu arbeiten, doch es entsprach nicht wirklich mir. Ich hatte nie damit gerechnet, daß er mich feuern würde, da seine Frau, Susan Saltonstall, mit mir verwandt war; doch ein paar Wochen später, als ich gerade angewiesen wurde, fleischfarbene, sehr sexy Kleider zu entwerfen, landete die Kündigung auf meinem Schreibtisch. Ich nahm meine Abfindung, geschockt und ziemlich durcheinander, und fuhr nach Ithaca, um Christine abzuholen. Ich hatte immer angenommen, meine Kreativität und Willenskraft seien unschlagbar. Ich hatte mich geirrt. Mit einem weiteren kleinen Überbrückungsdarlehen – diesmal von meiner Mutter – meldete ich mich arbeitslos und begab mich erneut auf Jobsuche.

In diesem November bekam Christine eine Grippe. Zwei Tage und Nächte hustete sie und konnte kaum noch atmen. Ich brachte sie in die Vanderbilt-Klinik. Sie diagnostizierten eine virusbedingte Lungenentzündung bei Christine und behielten sie gleich dort.

Am zweiten Tag kam ein Assistenzarzt, um Christine intravenös Antibiotika zu verabreichen. Christine erinnerte sich noch von ihrem ersten Besuch in der Klinik an die schrecklichen Nadeln und schaute in Panik zu mir auf.

»Chris, es wird sofort vorüber sein. Ich werde mitkommen und deine Hand dabei halten.«

Aber der Arzt sagte: »Es tut mir leid, Sie können nicht mit ins Behandlungszimmer. Das verstößt gegen die Regeln dieser Klinik.«

»Könnten Sie nicht ein Auge zudrücken und mich bei ihr lassen?« fragte ich freundlich.

»Tut mir leid, das kann ich nicht machen.« Es war absurd, aber ich protestierte nicht weiter.

Ich blieb vor der verschlossenen Tür stehen. Aus zwei Minuten wurden fünf und dann zehn und schließlich fünfzehn Minuten. Ich hörte, wie Christine aufheulte.

»Nein, nein, bitte nicht!« Und dann schrie sie und weinte mit langen, hysterischen Schluchzern. Ich krümmte mich vor der Tür, betete, es möge bald vorbei sein. Dann war es still. Es folgte Gemurmel und mehr Schreie.

»Nein, nein, aufhören! Es tut so weh…« Wieder Weinen. Ich war wie erstarrt. Was, zum Teufel, taten sie dort drin? Es ging so weiter, Minute um Minute, Schreie, Weinen, wieder Schreie. Während ich hin und her lief, mir die Ohren zuhielt und mit mir selbst redete, kam eine Schwester heraus. Ich wollte hineingehen, doch sie zog die Tür zu.

»Tut mir leid, Sie dürfen da nicht hinein.«

Ich konnte sehen, wie sich der Assistenzarzt über Christines Füße beugte, und fragte: »Was geht da drin vor? Wo ist das Problem?«

Sie sagte: »Sie kriegen die Nadel nicht hinein. Ihre Venen sind nicht sehr gut.« Dann verschwand sie in der Halle.

Nichts war mit Christines Venen falsch – nicht im Alter von acht Jahren. Sie fing wieder an zu schreien, und ich hörte, wie der Assistenzarzt sagte: »Halt still… du *mußt* stillhalten!« und Christine weinte: »Ich kann nicht, ich kann nicht. Es tut so weh!«

Beinahe eine halbe Stunde dauerte diese Tortur mit der Nadel jetzt bereits. Ich stand allein in der Halle. Dann schrie Christine wieder auf, und ich ergriff den Türknauf und stürmte in das Behandlungszimmer. Christine lag auf der Liege und streckte mir die Arme entgegen, als sie mich sah.

»Mommy«, wimmerte sie, »Mommy…« Und ich hörte mich selbst sagen: »Ich werde das hier nicht eine Sekunde länger dulden! Es tut mir leid, aber ich verlange, daß Sie einen anderen Arzt holen. Es muß jemanden geben, der das hier richtig machen kann!«

Sie starrten mich an. Ich rührte mich nicht. Christine rührte sich nicht. Was würde geschehen? Dann wandte sich der Assistenzarzt einer der Schwestern zu und sagte mit blasierter Stimme: »Holen Sie Dr. Whitcombe. Er kann so etwas gut.« Und einfach so – ohne ein Wort zu mir – ging die Schwester ihn holen. Ich war außer mir vor Wut und wandte mich an den Assistenzarzt.

»Warum haben Sie das nicht schon eher angeordnet?«

»Es tut mir leid. Ihre Venen sind sehr schwierig.«

»Ihre Venen sind nicht schwierig!« Doch plötzlich begriff ich. Ich hätte ihn jederzeit unterbrechen können. Ich hätte darauf bestehen können, daß sie mich zu ihr ließen. Dies war ein Lehrkrankenhaus. Er war ein Student. Ich hätte mich weigern können, daß er Christine auch nur anfaßt. Ich hatte nicht geahnt, daß ich irgendwelche Rechte besaß, doch jetzt wußte ich es. Der Assistenzarzt ging, und Christine sagte: »Mommy, die Schwestern haben mich runtergedrückt und andauernd versucht, die Nadel reinzustechen. Sie sagten, daß sie mir die Nadeln in die Stirn stecken würden, wenn es am Fuß nicht klappt.«

Ich rang entsetzt nach Luft. »Oh, Christine. Es tut mir so leid. Ich verspreche dir, daß ich so etwas nie wieder zulassen werde.«

Und ich schärfte Christine ein, was ich gelernt hatte: daß sie das Recht hatte, die Behandlung zu verweigern, obwohl es noch Jahre dauern sollte, bis sie den Mut und das Wissen besaß, dies zu tun, und bis sie begriff, daß Ärzte auch nur Menschen sind. Manche hatten sensible, begnadete Hände, aber manche waren auch nervös und ungeschickt, und wie sehr sie sich auch bemühten – sie fügten einem immer Schmerz zu. Sie sollte sich die Namen der guten Ärzte merken und nach ihnen fragen. Am nächsten Tag schrieben Christine und ich an ihren Vater und baten ihn zurückzukommen. Ich schrieb in meinem Brief, wie sehr seine Tochter ihn brauchte.

Jahre später erzählte mir Jerry: »Christine war meine Rettung. Ich befand mich in einer Sackgasse, ich spielte in Folkclubs und ließ den Hut herumgehen. Als ich ihren Brief bekam, besaß ich noch ganze dreißig Dollar. Ich verkaufte meine zwölfsaitige Gitarre und borgte mir den Rest des Geldes für das Flugticket nach New York. Und ich blieb endgültig. Es dauerte nicht lange, und ich fand Arbeit – wieder am Bil Bairds Theater und später bei der *Muppet-Show*. Christine hat mir das Leben gerettet.«

Als Christine ins Krankenhaus kam, sprach ich mit dem Leiter der Aufnahmestation. Ich fühlte mich wie ein Sozialfall, als ich meine Situation darlegte: keinen Job, keine Versicherung und keine Ahnung, wo Christines Vater steckte. Das Columbia Presbyterian, dieser riesige medizinische Komplex, der stets auf Vorauszahlungen und Sicherheiten bestand, machte eine Ausnahme. Als Christine entlassen wurde, bekam ich keine Rechnung zugestellt.

Bis jetzt hatten die Antibiotika ihre Lungeninfektionen unter Kontrolle gehalten, und obwohl wir keine Minute das Dampfzelt und das Abklopfen vergessen durften, sahen wir kein Anzeichen dafür, daß die Mukoviszidose lebensbedrohend war. Ich hatte mich bereits an den Gedanken gewöhnt, daß Christine einfach mehr Glück hatte als die anderen. Aber die Krankheit schritt im verborgenen fort.

Am Tag nach ihrer Entlassung aus dem Krankenhaus wurde mir ein Job im Modebüro von Celanese angeboten. Das bedeutete endlich Sicherheit und ein gutes Gehalt.

Doch die harten Zeiten sollten noch nicht vorbei sein. Indem ich die Sicherheit des Jobs annahm, verlor ich meine Flexibilität. Celanese hatte schließlich nicht meine Probleme mit eingestellt, und als Christine wieder einmal eine Grippe bekam, konnte sie nicht mehr zur Schule, sondern mußte zu Hause bleiben. Ich konnte keinen Babysitter finden. Also mußte ich sie allein lassen. Ich bereitete das Essen für sie vor, stellte ihr die *Sesamstraße* im Fernsehen an, schärfte ihr ein, die Tür nicht zu öffnen, wenn es klingelte, und ging zur Arbeit. Sie war achteinhalb. Gott sei Dank hörte sie wenigstens die Stimme ihres Vaters in der *Sesamstraße*.

Ich rief stündlich zu Hause an, bemühte mich, fröhlich zu klingen, fühlte mich jedoch wie durch den Fleischwolf gedreht. Wir unterhielten uns meine ganze Mittagspause hindurch. Sie schien tapfer zu sein, doch als ich aufgelegt hatte, rief ich sofort meine beste Freundin an und brach in Tränen aus.

»O Nancy, ich muß sie ganz allein lassen. Ich kann mich hier auf nichts konzentrieren, aber ich kann nicht gehen. Sie hat niemanden, mit dem sie sich unterhalten kann – nur ihren kleinen Hamster.«

An den Wochenenden hatten wir viel Spaß. Wir halfen beim Wahlkampf für Carter Burden, der für den Posten im Stadtrat kandidierte. Auch wenn sich die übrigen Wahlhelfer wahrscheinlich fragten, was eine Geschiedene aus Jackson Heights in Carter Burdens

Wahlkampfteam zu suchen hatte – ich wußte es genau. Ich war noch immer sehr stark im sogenannten Establishment verwurzelt – meine Herkunft hatte mich stark geprägt –, und ich kehrte dorthin zurück, wohin ich gehörte. Wenn ich an den Wochenenden in Yorkshire Unterschriften sammelte und Wahlanstecker verteilte, nahm ich Christine mit. Bei meiner Wahlkampfarbeit lernte ich einen Mann kennen, der sechs Jahre jünger und etwa fünf Zentimeter kleiner war als ich. Auf meine Frage, was er beruflich mache, antwortete er, er sei der Puddingkönig. Er lud mich zu einem Mitternachtsfrühstück im Carlyle Hotel ein, wo Bobby Short am Piano saß. Es war alles sehr nobel, doch als wir gingen, konnte ich mir die Bemerkung nicht verkneifen: »Das war wirklich sehr nett von Ihnen, aber sechzig Dollar für ein paar Eier halte ich doch für etwas übertrieben.«

Er begleitete mich bis zum Hauptquartier zurück, wo ich mein Auto abgestellt hatte. Ich schloß es auf, knipste die Innenbeleuchtung an, stieg wieder aus und öffnete die Motorhaube, holte einen Schraubenzieher aus meiner Handtasche und startete den Motor.

Er fragte besorgt: »Hat Ihre Zündung heute morgen den Geist aufgegeben?«

»Oh, nein«, erwiderte ich, »schon vor zwei Monaten.« Ich schlug die Motorhaube zu. Er starrte mich an.

»Sie lassen seit zwei Monaten Ihr Auto mit dem Schraubenzieher an?«

»Nun ja, ich kann mir die Reparatur nicht leisten. Und der Mechaniker in der Werkstatt hat mir gezeigt, wie man es anders machen kann. Ist doch clever, oder?«

Er lachte. »Sie sollten um diese Uhrzeit nicht in so einem Auto ganz allein nach Hause fahren. Wieso lassen Sie mich nicht fahren? Wenn wir in Queens sind, rufe ich mir ein Taxi, das mich in die Stadt zurückbringt.« Ich war überrascht und geschmeichelt, daß er mich um diese Zeit noch bis nach Queens begleiten wollte.

Bald darauf mietete ich eine größere Wohnung in der 82d Street, verkaufte meinen Valiant (der mittlerweile repariert war) und zog um. Christine wechselte erneut die Schule und fand endlich eine Freundin, Claudia Harris, die in dieselbe Klasse ging und im selben Haus wohnte. Sie und Christine waren bald unzertrennlich.

Carter Burden wurde gewählt, und ich heiratete den Mann, der mich ins Carlyle ausgeführt hatte. Wir waren im Grunde sehr verschieden, doch ich sagte mir: Gegensätze ziehen sich an. Und außerdem war ich schrecklich verliebt in ihn. Langsam aber stetig verbesserte sich mein Leben, und als wir in einem riesigen Appartement in der 72d Street endgültig Wurzeln schlugen, veränderte sich auch Christines Leben zum Positiven.

4   Blutungen

Juni 1973. In New York war es heiß und stickig – nicht gerade optimal, jetzt im siebten Monat schwanger zu sein. Das wußte ich aus Erfahrung. Damals, vor Christines Geburt, war ich, um der Hitze zu entkommen, zu meiner Mutter nach Ithaca geflüchtet. Jetzt, zwölf Jahre älter und erwachsener, war ich für diese Situation besser gewappnet. Und doch konnte ich mich, als ich mit unseren Gästen im Wohnzimmer beim Kaffee saß, nicht erinnern, wann ich mich zum letzten Mal derart erschöpft gefühlt hatte – seit eben jenem Juli vor zwölf Jahren.

Auch wenn es den Anschein hatte, als würde ich zuhören, in Gedanken war ich ganz weit weg. Ich hatte vor, zwei Monate Urlaub zu nehmen bei Cotton Inc., wo ich mir einen guten Namen in der Modebranche gemacht hatte, weil ich die Fähigkeit besaß, die Trendfarben für Herren- und Damenmode auf zwei Jahre vorauszusagen. Es wurde mir einfach zuviel. Cotton Inc. würde zwei Monate ganz sicher ohne meinen ›Farbriecher‹ auskommen, und wir würden es finanziell auch ohne mein Gehalt leicht schaffen.

Christine rief mich. »Mom, kannst du bitte mal kommen?!«

Etwas in ihrem Ton hielt mich davon ab, mein gewöhnliches »Du kannst doch zu mir kommen, Liebes«, zu erwidern. Ich entschuldigte mich bei den Gästen und ging in ihr Zimmer. Sie saß auf ihrem Bett und hustete.

»Was gibt's denn, Chris?«

»Ich weiß nicht. Etwas stimmt nicht. Ich kann nicht aufhören zu husten.« Ich lauschte ihrem Husten. Er klang sonderbar, tief und hart, ganz und gar nicht wie ihre normalen Hustenanfälle nachts, bei denen sie ungefähr eine halbe Stunde lang alle zehn Sekunden trocken und metallisch aufhustete.

»Hört sich nicht an wie sonst, was?«

Ihre Worte kamen stockend. »Nein, er ist naß und fängt immer wieder an – so wie Wellen.« Ich lauschte noch eine weitere Minute schweigend. Sie konnte ihren Husten immer aufhalten, wieso gelang es ihr diesmal nicht?

»Mir ist auch schlecht.« Ich fühlte ihre Stirn. Kein Fieber.

»Meinst du, du mußt dich übergeben?« Sie nickte. »Was schluckst du denn da dauernd runter?« Sie würgte sonderbar.

»Ich weiß nicht.« Sie strich sich die blonden Strähnen aus dem Gesicht und stöhnte leise, während ihr Magen laut gurgelte und sich zusammenkrampfte.

»Laß uns ins Badezimmer gehen, Chris. Nur vorsichtshalber.«

Sie zitterte. Wir gingen langsam über den Flur ins Badezimmer. Obwohl sie schon fast zwölf war, hatte sie noch immer Angst, sich übergeben zu müssen. Wenn sie anfing zu zittern, war es soweit. Wir saßen auf dem Badewannenrand. Sie hustete jetzt härter und schneller.

»Mom, als ich vorhin in den Becher spuckte, habe ich ein bißchen Blut gesehen.«

Ich spürte, wie sich das Alarmsignal in meinem Inneren meldete, doch ich sagte ganz ruhig: »Wirklich? Blut?« Was, zum Teufel, konnte das bedeuten? Ich suchte nach einer Erklärung.

»Vielleicht ist dein Hals wund vom vielen Husten.«

»Vielleicht.« Sie nickte.

Ich stand scheinbar gelassen auf und ging in ihr Zimmer, wo sie ihren Pappbecher neben dem Bett stehen hatte. Wir benutzten stets die großen gewachsten Halbliterbecher, denn Christine haßte die kleinen, leichten Becher, die sie im Krankenhaus verwendeten. Sie zog es vor, etwas Festes, Stabiles in den Händen zu halten, wenn sie den dicken Schleim abhustete. Es waren kleine, hellrote Tropfen Blut in dem Becher. Bedenklich sah es nicht aus. Als ich zurück zum Badezimmer ging, glaubte ich, es würde genügen, es bei unserem nächsten Termin im Columbian Presbyterian zu erwähnen. Dann sah ich, wie Christine sich hart hustend über das Waschbecken gebeugt hatte. Die Geräusche, die sie von sich gab, hörten sich an wie ein kalter Motor an einem eisigen Morgen. Sie spuckte in das Becken, und ein Rinnsal dunkelroten Blutes rann an der Seite herab. Erschreckt drehte ich den Wasserhahn auf und spülte es weg.

»Chris, was ist das? Woher kommt es?« Ich erwartete nicht wirklich eine Antwort von ihr, und sie wäre auch nicht in der Lage dazu gewesen. Sie hustete und spuckte Blut ins Becken. Ich legte meine Arme um sie und preßte mich unterstützend an ihren Körper. Ihre Stimme klang elend.

»Mommy, ich habe Angst.«

»Chris, das gefällt mir alles überhaupt nicht.« Mein Herz schlug heftig, auch ich hatte Angst. Gerade als ich es sagte, kam ein weiterer Hustenanfall und noch mehr Blut. Ihre Hände umklammerten den Rand des Beckens, während sie sich vom Husten geschüttelt vornüberbeugte. Und dann ließ es nach. Ich füllte einen Schluck Wasser in ein Glas und gab es ihr. Doch sie konnte nicht schlucken.

»Mommy, ich kann es nicht trinken. Ich muß mich sonst übergeben.« Sie spülte sich den Mund aus.

»Kann ich dich einen Moment allein lassen?« fragte ich. »Ich werde das Krankenhaus anrufen.«

Sie nickte, noch immer zitternd. Zurück in meinem Zimmer rief ich im Presbyterian an und erkundigte mich, wer auf der Mukoviszidose-Station im elften Stock Dienst hatte.

»Frau Dr. Celia Ores. Wenn Sie mir Ihre Nummer hinterlassen, wird sie Sie zurückrufen.«

»Nein, nein. Ich muß sofort mit jemandem sprechen. Meine Tochter spuckt Blut. Ist eine Vertretung auf der Station?«

»Eine Sekunde – ich verbinde Sie.«

Ein Assistenzarzt meldete sich, und ich erklärte ihm die Situation.

»Haben Sie irgendeinen Hustensaft mit Kodein im Haus?« fragte er.

»Nein, aber ich habe Emperin mit Kodein.«

»Wie stark?«

»Fünf Milligramm.«

»Wie alt ist Ihre Tochter?«

»Zwölf.«

»Geben Sie ihr eine Tablette, und drehen Sie die Dusche auf, ganz heiß. Sie soll im Badezimmer bleiben, bis es sich mit Dampf gefüllt hat und der Husten aufhört. Rufen Sie mich wieder an, wenn es nicht besser wird. Ich habe die Durchwahl 2774.«

Ich ging, um Christine das Kodein zu geben, und erklärte meinem Mann und meinen Gästen, daß Christine mich brauchte.

Sie kauerte auf dem Toilettendeckel, während sich das Badezimmer mit Dampf füllte. Doch es half nicht.

»Mom, ich hasse das. Ich muß nur noch mehr husten. Können wir nicht damit aufhören?«

»Natürlich können wir. Das ist wirklich ziemlich blöd.« Ich brachte sie ins Bett. Als das Kodein zu wirken begann, hörte das Husten auf. Ich deckte Christine zu, und sie bat mich, unseren Gästen nichts zu sagen. Innerhalb von zwanzig Minuten war sie eingeschlafen.

Ich gesellte mich wieder zu unserem Besuch im Wohnzimmer, doch ich mußte immer wieder an das Blut im Waschbecken denken. Es verging eine Stunde, bis ich Christine erneut nach mir rufen hörte.

»Mommy, komm schnell her!« Ich rannte.

»Was ist?«

Sie saß aufrecht im Bett und hielt eine Schüssel vor sich.

»Mommy, mir ist wieder schlecht. Ich glaube, ich muß...« Sie beendete den Satz nicht, weil sie sich bereits übergab – wie in Zeitlupe sprudelte es aus ihr heraus. Ein großer, dunkler Klumpen verfehlte die Schüssel, schoß über das Bett hinaus und klatschte auf den Fußboden. Entsetzt starrten wir auf die rotschwarze Lache, die sich auf dem schwarzweißen Fliesenboden ausbreitete. Christine fing an zu weinen und übergab sich erneut – ein kleiner Klumpen fiel in die Schüssel. Einen Moment lang war ich wie gelähmt, doch dann hörte ich mich sagen: »Das reicht. Wir fahren ins Krankenhaus.«

Ein Adrenalinstoß brachte mich in Bewegung. Ich stürzte ins Badezimmer, um ein Glas Wasser zu holen. Christine zitterte erbärmlich, während sie sich den Mund ausspülte. Soviel Blut. Der feuchte Husten – deshalb hörte es nicht auf. Christines Augen waren fast schwarz vor Furcht.

»Hab keine Angst, Liebes. Das Blut ist so dunkel. Es ist kein frisches Blut. Es muß schon lange in deinem Magen gewesen sein. Die Blutung hat aufgehört.« Ich setzte mich zu ihr und strich ihr klammes Haar zurück. »Wir fahren ins Lenox Hill Hospital. Das ist nur ein paar Blocks weiter. Ich gebe dem Portier Bescheid, daß er ein Taxi rufen soll.« Es half, so zu tun, als sei ich ganz gelassen.

Als wir unten ankamen, wartete das Taxi bereits. Fünf Minuten später waren wir alle da – mein Mann, unsere Gäste, Christine und ich.

Sollte die Blutung tatsächlich ernst sein, dann ließ es sich hier jedenfalls niemand anmerken. Ich erklärte, daß Christine auf der Mukoviszidose-Station des Columbia Presbyterian in Behandlung sei. Wir warteten eine halbe Stunde in der leeren Notaufnahme. Benommen und schwach lehnte sich Christine mit geschlossenen Augen an mich. Endlich erschien ein Assistenzarzt und bat uns herein.

Er notierte sich einige Stichpunkte auf dem Krankenblatt. Wenn Christine ins Stocken kam, warf er mir einen Seitenblick zu. Die Erfahrung hatte mich gelehrt, Christine antworten zu lassen, wenn der übliche Fragebogen ausgefüllt wurde. An der Art wie sie sprach, konnte ich erkennen, wie es ihr ging. Der Arzt sagte wenig, schrieb schnell und nahm Christine zum Röntgen mit. Ich fragte nicht, weshalb.

Im Krankenhaus fühlte ich mich sicherer.

Es dauerte eine Dreiviertelstunde, dann kam sie völlig erschöpft zurück. Sie hustete ab und an – kurz und trocken, wie ein Schluckauf. Wir warteten eine weitere halbe Stunde im Vorraum des Röntgenzimmers.

Als der Assistenzarzt zurückkam, sagte er, daß er auf den Aufnahmen nichts entdecken könnte. Er gab uns eine kleine Flasche Hustensaft mit Kodein und teilte uns mit, wir könnten gehen. Ich ergriff die Initiative.

»Was war los? Können Sie es denn anhand der Röntgenaufnahmen nicht sagen?«

»Nein, wir konnten nichts erkennen. Vielleicht ist lediglich eine Kapillare durch den harten Husten gebrochen und hat geblutet.«

»Aber sie hatte noch nie einen derart harten Husten.«

»Ich glaube nicht, daß es etwas Ernstes ist.«

»Aber etwas kann nicht stimmen.«

»Ich würde an Ihrer Stelle morgen früh Ihren Hausarzt anrufen, um sicherzugehen. Geben Sie ihr heute nacht um vier Uhr einen Teelöffel von dem Hustensaft.«

»Und damit hat es sich?« Ich glaubte ihm nicht. Ich vermutete, daß er mir etwas verschwieg, und suchte in seinem Gesicht nach einem Anzeichen dafür, doch ich fand nichts. Vielleicht reagierte ich einfach zu empfindlich.

Zu Hause wechselte ich Christines Bettzeug. Die winzigen Blutspuren waren nicht zu übersehen.

»Mommy, es tut mir leid – wegen der Dinnerparty.«

»Christine, die Dinnerparty ist mir doch völlig egal. Die Franks sind gute Freunde, sie können das verstehen. Außerdem haben wir sowieso zu viele Dinnerparties.« Sie schaute mich dankbar an, und ich nahm sie ganz fest in die Arme. Es dauerte nicht lange, und sie war eingeschlafen.

Ich wischte das Blut vom Fußboden auf und begutachtete die – für mein Gefühl – großen Klumpen. Offensichtlich hatte ihr Körper versucht, die Blutung zu stoppen, doch etwas hatte das verhindert und es weiterbluten lassen. Mir gefiel die Größe der Klumpen und die Menge des Blutes überhaupt nicht – es waren bestimmt zwei- bis dreihundert Gramm. Wieviel mehr davon war vielleicht noch in ihrem Magen? Ich wollte die Tücher, mit denen ich den Boden gewischt hatte, auswringen, doch es war so schrecklich, daß ich sie statt dessen in den Müll warf.

Um halb zwei Uhr morgens rief Dr. Ores an. Sie war eine der Ärztinnen, die die Kinder in der Klinik behandelten, doch bisher hatten wir einander noch nicht kennengelernt. Der Assistenzarzt hatte sie zu Hause in ihrer Wohnung angerufen.

Ich schilderte ihr kurz, was vorgefallen war, und berichtete ihr, was der Arzt in der Lenox-Klinik gesagt hatte.

»Schläft Christine jetzt?« fragte sie.

»Ja.«

»Dann wecken Sie sie nicht um vier Uhr auf. Lassen Sie sie schlafen.«

»Dr. Ores, haben Sie jemals von so etwas gehört im Zusammenhang mit Mukoviszidose? Hängt das zusammen?«

»Ja. Es kommt durch die Lungeninfektionen.«

»Oh«, sagte ich, als ob das alles erklären würde. Ich hatte keine Ahnung, wovon sie sprach.

»Können Sie Christine gleich morgen früh vorbeibringen?«

»Natürlich.«

»Gut. Dann sehen wir uns morgen früh um acht Uhr dreißig im vierten Stock.« Halb neun, am Sonntagmorgen. Ich war beeindruckt, dann beunruhigt.

»Glauben Sie, es ist gestoppt, ich meine die Blutung?«

»Ich weiß es nicht. Vielleicht.«

Nachdem ich eingehängt hatte, fielen mir noch jede Menge Fragen ein. Zu spät. Sie hatte mich von zu Hause aus angerufen, und ich hatte ihre Nummer nicht. Ich wußte nicht einmal, wo sie wohnte. Ich ging zu Bett und überlegte, ob ich Jerry anrufen sollte. Wahrscheinlich war er daheim. Nachdem er sich jahrelang erfolglos um ein Engagement als Schauspieler bemüht hatte, war er schließlich bei den Muppets gelandet. Seine Stimme, die er vielen der Puppencharaktere lieh, hatte sich über die Jahre als unschätzbar erwiesen, und mittlerweile war er täglich in der *Sesamstraße* zu hören. Aber ihn jetzt, um diese Stunde, anzurufen, würde ihn zu Tode erschrecken. Die Krise war vorbei. Es würde besser sein, ihn morgen anzurufen.

Ich wachte um fünf Uhr dreißig auf und setzte mich mit einer Tasse Kaffee eine Stunde allein in die Küche. Ich dachte über die Zukunft nach und betrachtete die Vergangenheit. Jerry lebte mit seiner Freundin in der West Side. Wir kamen gut miteinander klar, doch sehr oft sahen wir uns nicht. Nach außen wirkte seine Art stets ruhig und gelassen, fast grenzte es schon an Passivität, und seine Gedanken behielt er für sich. Nur Menschen, die ihn sehr gut kannten, wußten, welch großen Sinn für Humor er besaß.

Unsere Lebenseinstellungen waren so verschieden. Er war ein fröhlicher Pessimist und ich eine deprimierte Optimistin. Er glaubte, Christines Krankheit sei sein eigenes schlechtes Karma, das ihn ereilt hatte, um ihn zu bestrafen – wofür, das wußte ich nicht. Vielleicht haßte er es aus diesem Grund, über die Krankheit zu sprechen, und zog es auch vor, nichts von den alltäglichen kleinen Krisen zu erfahren. Früher machte mich diese Art beinahe wahnsinnig, doch mittlerweile hatte ich gelernt zu akzeptieren, daß Jerry und mir unterschiedliche Rollen in Christines Leben zugedacht waren. Jerry war eine unerschöpfliche Quelle der Liebe und des Spaßes. Er war immer darauf bedacht, Christine abzulenken, indem er witzige Stimmen nachmachte, sang oder sie sonstwie zum Lachen brachte. Er schenkte ihr die Kraft der Komik, die sie in vielen schlimmen Momenten aufrecht hielt. Mehr als das, wie mir später klar wurde – er schenkte ihr die Gabe, die er, im Herzen ein Schauspieler, besaß: die Fähigkeit, wahre Gefühle für andere darzustellen und selbst Kraft daraus zu schöpfen, wenn es ihnen gefiel. Zum Teil war es das, was Christine so wundervolle Freundschaften bescherte.

Ich gab Christine andere Erfahrungen für ihr Leben: sich niemals damit aufzuhalten, wie schrecklich die Dinge waren oder wie schlimm sie noch werden könnten. Halte deinen Blick fest auf die Erfolge des Lernens, Aufwachsens und der Freundschaft – Situationen, die Christine, wie wohl jedes Kind, täglich erlebte. Und zum größten Teil lebte sie so wie alle anderen Kinder auch. Sicher, sie mußte zweimal am Tag die Prozedur des Abklopfens über sich ergehen lassen, und wir mußten vorsichtig sein, wenn sie sich eine Erkältung oder Halsentzündung zuzuzog – doch ansonsten spielte und tobte sie herum wie ihre Freunde, die nicht ahnten, daß sie krank war. Und dann kam plötzlich etwas wirklich Beängstigendes wie diese Blutungen dazwischen, und es fiel in einem solchen Moment schwer, an Erfolge zu denken.

Es war fast sieben Uhr. Ich weckte Christine, und wir machten uns auf den langen, holprigen Weg zur Vanderbilt-Klinik in der 168th Street, Ecke Broadway. Jedesmal, wenn wir über ein Schlagloch rumpelten, bekam ich Angst, daß die Blutung wieder einsetzen könnte. Früher war mir nie aufgefallen, wie uneben die Strecke war. Die Straßen durch Spanish Harlem waren fast leer und schmutzig. Es schockierte mich stets aufs neue, zu sehen, wie die Armen leben mußten, die wirklich Armen. Ich hatte Zeiten erlebt, in denen ich sehr wenig besaß, doch ich wußte immer, daß ich die Kraft hatte, mein Leben zu ändern. Ich war gebildet, hatte erfolgreiche Freunde, Verbindungen zu einem besseren Leben. Armut in Harlem war etwas anderes. Auf der Park Avenue wurde der Mittelstreifen fünfmal im Jahr mit Blumen bepflanzt, doch auf dem Adam Clayton Powell Boulevard blieb der Mittelstreifen leer. Nichts würde dort jemals wachsen. Normalerweise fühlte ich mich bei diesem Anblick immer sehr privilegiert. Aber an diesem Tag drückte ich Christine ganz eng an mich, als das Taxi über ein weiteres Schlagloch holperte.

Wir trafen Dr. Ores im vierten Stock. Sie war eine attraktive, blonde Frau in den mittleren Jahren und mit sehr formellen, europäischen Manieren. Nachdem sie Christine sorgfältig untersucht hatte, fragte sie sie, ob sie sich gut genug fühlte für eine Blutabnahme. Christine nickte, und eine Schwester schob sie in einem Rollstuhl davon.

»Was ist passiert?« fragte ich Dr. Ores.

»Manchmal erodieren die Lungeninfektionen die Kapillaren, Venen oder Arterien im Lungengewebe. Das kann Blutungen nach sich ziehen.«

»Es schien mir aber eine ganze Menge Blut gewesen zu sein.«

»Nun, es sieht immer nach mehr aus, als es wirklich ist, aber vielleicht zeigt der Bluttest, den wir vornehmen, darüber hinaus einen Mangel an Vitamin K. Das könnte die Ursache dafür sein, daß die Blutung nicht schneller gestillt wurde.«

»Was ist Vitamin K?«

»Das Vitamin, das das Blut gerinnen läßt.«

»Aha.« Ich wartete vor der Tür des Büros, als sie ging, um Christine zu holen und nach dem Ergebnis des Tests zu schauen. Sie beruhigte Christine, indem sie ihr sagte, wie gut alles laufen würde. »Die Blutung ist jetzt gestoppt, das ist ein gutes Zeichen« und »Wir geben dir eine Vitamin-K-Spritze, das wird dir guttun.« Ihr europäischer Akzent war angenehm und beruhigend, sogar elegant. Als sie mit Christine sprach, wirkte sie wie eine Kinderärztin, die einen ganz gewöhnlichen wunden Hals mit einer Kirsch-Pastille behandelte. Auch auf mich wirkte ihre zurückhaltende, geduldige Art beruhigend – sie vermittelte mir das Gefühl, Zeit zu haben, um Fragen stellen zu können.

Im Wartezimmer setzte sich ein Assistenzarzt neben mich. Er trug eine zerknitterte, khakifarbene Hose und ein blaues Oxfordhemd – es war der Arzt, mit dem ich gestern nacht telefoniert hatte.

»Wie geht es ihr?«

»Meiner Tochter?«

»Ja.«

»Die Blutung ist Gott sei Dank gestillt. Und sie brauchte heute morgen keinen Hustensaft.« Ich fragte ihn, ob er schon jemals so etwas erlebt hätte.

»O ja. Und ich sollte Ihnen wohl besser sagen, daß Sie sich an so was gewöhnen müssen.«

»Mich daran gewöhnen?«

Er nickte leicht. Ich stand auf – geladen vor Wut.

»Wovon, zum Teufel, sprechen Sie eigentlich? Meine Tochter erbricht einen Schwall Blut, blutet wahrscheinlich innerlich stundenlang, und Sie wollen mir sagen, ich soll mich besser daran gewöhnen? Nein – keine Chance, daß das jemals passiert!«

Ich ließ ihm keine Möglichkeit zu einer Antwort, stapfte aus dem Wartezimmer und kehrte ins Büro zurück. Ich strich seine Worte aus meinem Kopf, eine solche Dummheit. Später fragte ich Dr. Ores: »Der Assistenzarzt, der eben da war, riet mir, mich an die Blutungen zu gewöhnen. Wie kann er so etwas sagen?« Sie schien unbeeindruckt.

»Geben Sie nichts darauf. Er ist jung und muß noch sehr viel lernen.«

Viel später begriff ich, daß sie gemeint haben könnte, er müsse erst noch lernen, Eltern nicht mit der Wahrheit zu schockieren, wenn sie noch nicht bereit dazu sind, sie zu ertragen.

Die Blutung war gestillt, und Christine mochte Dr. Ores so sehr, daß sie mich fragte: »Mommy, kann sie mich nicht ab jetzt immer behandeln?«

»Wir werden sehen.« Ich fragte Dr. Ores, ob sie Privatpatienten annähme, und unsere Tage in der Vanderbilt-Klinik waren zu Ende. Dr. Ores nahm Christine an diesem Morgen in die Kinderklinik auf. Jetzt, da wir unsere eigene Ärztin hatten, bekamen wir ein anderes Gefühl der Sicherheit, des Kontaktes; wir hatten jemanden, der sich um uns kümmerte. Ich hätte es schon viel früher veranlassen sollen. Doch bevor ich wieder heiratete, konnte ich mir eine private Behandlung nicht leisten, und danach kam ich nicht auf den Gedanken.

Nachdem sich Christine in ihrem Zimmer eingerichtet hatte, fragte ich Dr. Ores, wie lange sie im Krankenhaus bleiben müßte. »Wir wollten am dritten Juli für zwei Wochen nach Martha's Vineyard aufbrechen.«

»Mit ein wenig Glück können Sie fahren, doch ich kann nichts versprechen.«

Während Christines Krankenhausaufenthalt arbeitete ich nur halbtags und besuchte sie jeden Nachmittag. Mein Boß fragte: »Jacquie, sind Sie sicher, daß Sie keinen Urlaub wollen?«

»Vielen Dank, aber ich würde mich selbst völlig verrückt vor Sorgen machen. Und das wäre schrecklich für Chris. Ich muß einfach arbeiten.« Es klang verworren.

Jerry verbrachte seine Abende an Christines Bett. Sie spielten Backgammon, und ich erzählte ihm, daß Christine jetzt Privatpatientin von Dr. Ores sei. Doch Jerry war nicht sehr gesprächig und wollte sich nicht mit der Ärztin unterhalten. Schließlich stellte sie sich ihm eines Tages bei einer ihrer Nachmittagsvisiten vor. Es war ihr aufgefallen, wie sehr er sich um Christine bemühte.

Jerry hatte etwas auf dem Herzen. Er bat Dr. Ores um ein Gespräch unter vier Augen.

»Aber gern. Wir können das Büro im zehnten Stock nehmen.«

Sie gingen in das Büro, das sich gleich um die Ecke befand, wenn man aus dem Fahrstuhl kam. Jerry bemerkte, wie abgeschieden der Raum war. Zunächst fragte er Dr. Ores nach der Blutung.

»Jacquie erklärte mir, daß die Blutung mit den Lungeninfektionen zu tun hatte, aber ich kann mir nicht wirklich etwas darunter vorstellen. Und – bedeutet es, daß sich ihr Allgemeinzustand verschlechtert hat oder nicht?«

»Die Antwort auf die zweite Frage ist ja. Die Blutung ist ein Zeichen für einen höheren Grad der Lungeninfektion, aber sie könnte schon eine Weile bestehen. Blutungszwischenfälle sind unberechenbar und schwierig vorauszusagen.«

»Blutet jeder Mukoviszidose-Patient auf diese Weise?«

»Fast jeder. Früher oder später«, fuhr Dr. Ores fort. »Die Antwort auf die erste Frage ist wesentlich komplexer. Die Lunge ist ein lebendiges Organ, sie besteht aus Gewebe, Blutgefäßen, Venen und Arterien, die sich millionenfach kreuzen und verzweigen. Die Blutgefäße unterteilen sich in immer kleinere Nebengefäße, bis man ein Netzwerk aus mikroskopisch winzigen Kapillaren hat, wo der Sauerstoffaustausch stattfindet. Es ist dem Wurzelsystem eines Baumes ähnlich. Der Sauerstoff wird in den Alveolen ausgetauscht, das sind winzige, ballonartige Säcke am Ende einer jeden Kapillare. Das Problem ist der abnormale Schleim. Er ist so dick und zäh, daß er tausend und abertausend der winzigen Alveolen blockiert – er sitzt dort fest. Selbst wenn man ihn drei- bis viermal am Tag versucht herauszuklopfen, den Brustkorb lockert und preßt – das meiste bleibt dort sitzen. Der Schleim blockiert die Arbeit der Lunge.«

Jerry saß noch regungsloser da als bei seinen Zen-Meditationen.

»Sehen Sie, der zähe Schleim ist der ideale Nährboden für opportunistische Organismen, und die sind gefährlich. Christine hat eine chronische Lungeninfektion... die manchmal schlimm und manchmal weniger schlimm ist. Die Infektion bewirkt die Erosion des umgebenden Gewebes. Mit der Zeit entstehen Hohlräume, und die Wände der Blutgefäße werden angegriffen. Wenn dies geschieht, kommt es zu Blutungen. Es geschieht unsichtbar und lautlos. Obwohl – manche Patienten können die Stelle der Blutung spüren.«

»Kann Chris es auch?«

»Noch nicht, aber sie lernt es vielleicht.«

Jerry haßte diese Antwort. »Sie meinen, es kann wieder geschehen.«

Dr. Ores nickte, sagte jedoch nichts. »Aber wie kann man die Blutung stillen?«

Dr. Ores wählte ihre Worte niemals übereilt, sie überlegte völlig ruhig. Die meisten Eltern stellten niemals solche Fragen, und sie hatte keine vorgefertigten Antworten.

»Nun, das können wir nicht. Es hört von allein auf. Wir können Hustensaft verabreichen, um die Lunge zu beruhigen, aber wir haben wenig Möglichkeiten, die Blutungen zu stoppen.«

»Und was ist, wenn es nicht von selbst aufhört?« Jerry wollte keine Nervensäge sein, aber es schien, als müßte er es unbedingt wissen.

»In extremen Fällen versuchen wir eine Embolisation – einen komplexen Prozeß, der den infizierten Bereich abriegelt. Es gibt auch noch die Möglichkeit eines chirurgischen Eingriffs. Die Entfernung der Lunge. Doch das ist sehr selten.« Sie sagte nicht, es sei die letzte Möglichkeit.

Jerry schwieg einen Moment. Er mußte die eine Frage noch stellen. »Was genau bedeutet das für Christines Zukunft?«

»Meinen Sie in bezug auf ihre Aktivitäten oder die Behandlung?«

»Ich meine in bezug auf ihre Lebenserwartung. Wieviel Zeit bleibt ihr noch?«

Das war die Frage, die Dr. Ores haßte.

»Schwer zu sagen. Jedes Kind ist anders. Ebenso jeder individuelle Krankheitsverlauf.« Jerry spürte förmlich ihre Zurückhaltung, die Vermeidung der Antwort, daß seine Tochter niemals erwachsen werden würde. Er stellte die Frage anders.

»Aber basierend auf Ihrer Erfahrung – wie lange schätzen Sie?« Vielleicht hatte er mit dieser Frage eine Art Schweigecode gebrochen.

Zunächst antwortete Dr. Ores nicht. Sie hatte ihm eben bedeutet, daß sie es nicht wüßte, obwohl sie eine ziemlich genaue Einschätzung hatte, und jetzt fragte er sie zum zweitenmal. Doch sie nahm es ihm nicht übel, sie mochte Jerry.

»Mr. Nelson, ich weiß es wirklich nicht – vielleicht zwei Jahre, vielleicht zwölf. Es kommt auch auf die Einstellung des Patienten an. Jemand, der sehr positiv ist, kann selbst einem Leben etwas abgewinnen, das sehr wenig zu bieten hat.«

Jerry sank ein winziges bißchen in seinem Sessel zusammen. »Vielleicht überrascht Chris uns alle.«

Und dieses Mal lief er nicht davon. Er blieb in diesem Sommer in New York und nahm Christine sechs Wochen lang in die Ferien auf die Fire Islands mit. Nicht daß er früher vor Christine weggelaufen wäre. Er war vor sich selbst davongelaufen, weil er dachte, es sei seine Schuld, und er hatte solche Angst vor der Krankheit, der sich Christine so tapfer stellte. Und als er aus San Francisco zurückgekehrt war, hatte sie ihn gelehrt, stark zu sein.

Jerry erzählte mir nie etwas von Dr. Ores Einschätzung. Ich hatte keine Ahnung, daß Christine wahrscheinlich nur noch zwei Jahre blieben. Wir fuhren wie geplant nach Martha's Vineyard und nahmen noch Claudia Harris mit. Die Mädchen fuhren mit ihren Rädern durch Edgartown und kreischten, wenn ich lebendige Hummer in einen Topf mit kochendem Wasser warf. Sie lachten, schwammen und suchten den Strand nach Muscheln ab. Sie kauften sich Eis bei der Dairy Queen und spielten Verstecken auf dem Friedhof, der nahe bei unserem Haus lag. Wir fuhren Karussell in Oak Bluffs, bis uns schwindelig wurde, angelten auf der Chappaquidick-Insel und trugen Jeans und Sandalen. Nach der Tortur, die Christine erlebt hatte, schienen uns diese zwei Wochen wie ein Geschenk, wie eine Rose – wunderschön, aber mit Dornen.

Wir hatten schreckliche Auseinandersetzungen über ihre Therapie. Sie war so widerspenstig, grob und beleidigend, daß ich ihr schließlich den Hintern versohlte, als sie versuchte, mich zu überzeugen, mit dem Abklopfen für zwei Wochen auszusetzen. Sie brauchte eine Pause von ihrer Krankheit, doch nachdem ich sie beinahe verloren hatte, war ich nicht bereit, es zuzulassen. Dann beruhigte sie sich wieder bis zum nächsten Mal. Wir führten zweimal täglich die Prozedur durch. Ich erklärte Claudia die Notwendigkeit des Rituals.

»Claudia, wir müssen ihre Lunge frei machen. Wir machen es, damit der dicke Schleim ihre Lunge nicht verstopfen kann.«

Von nun an begann ich das, was Christine aushustete, zu untersuchen. Der Schleim wies noch wochenlang Spuren von Blut auf. Christine hat es damals vielleicht noch nicht wirklich verstanden, aber die Blutungen waren nie gleich gestillt nach einer Krise. Es war wie ein Loch, das selbst dann noch leckt, wenn man es gestopft hat.

Christine bekam Farbe und nahm zu. Als die zwei Wochen nahezu um waren, begann ich erst wirklich zu realisieren, wieviel Angst ich gehabt hatte, sie könnte sterben.

Wieder daheim, sah ich einen Werbespot für eine Stiftung zur Unterstützung von Kindern mit Mukoviszidose. Ich hatte Angst, Christine könnte ihn sehen. Vielleicht hatte sie ihn gesehen, denn sie fragte mich eines Tages, als ich ihr Zimmer sauber machte: »Mommy, können Menschen an Mukoviszidose sterben?«

Ich hatte diese Frage schon so lange gefürchtet, und die Antwort, die ich mir bereitgelegt hatte, kam ohne ein Zögern und ohne zu stottern. »Nein, Christine, Menschen können nicht an Mukoviszidose sterben. Doch sie können manchmal an den Komplikationen, die auftreten, sterben – zum Beispiel an Lungenentzündung. Lungenentzündung ist eine Lungenkrankheit, und jeder kann daran sterben. Darum versuchen wir ja so sehr deine Lunge kräftig und sauberzuhalten, damit du keine Lungenentzündung bekommst.« Ich hatte etwas vergessen. »Aber Menschen, die eine Lungenentzündung kriegen, kommen ins Krankenhaus und werden behandelt. Und meistens werden sie wieder gesund.« Geschafft. »Hier – kannst du mal den Staubwedel für mich halten?«

Ich putzte. Ich war mir nicht sicher, ob sie wußte, was Lungenentzündung war oder Komplikationen, aber wenn sie mehr wissen wollte, hätte sie gefragt. Ich war der Antwort ausgewichen, aber ich glaube, ich habe ihr den Schmerz erspart.

Unser Leben veränderte sich. Christine bemerkte es eine ganze Weile nicht, aber etwas Unwillkommenes hatte sich wieder eingeschlichen, ohne jede Warnung – ein ungebetener Fremder. Etwas, über das wir keine Kontrolle hatten.

Ich hatte das Gefühl schon einmal gehabt – in der Bücherei in Ithaca, vor Jahren. Doch damals war es anders gewesen. Mir wurde klar, daß der junge Assistenzarzt in der Klinik recht gehabt hatte mit seiner Bemerkung, wir müßten uns daran gewöhnen. Es würde wieder und wieder geschehen. Wir gewöhnten uns nie daran.

5 Die Muppet-Connection

Jenny kam im September 1973 im Mt.-Sinai-Krankenhaus zur Welt, wo ich fünf der schönsten Tage meines Lebens verbrachte. Ich wußte, daß Jenny gesund war – ich wußte es einfach. Christine liebte Jenny vom ersten Moment an und ließ niemals ein Zeichen der Eifersucht erkennen, die ich sehr befürchtet hatte. Vielleicht weil sie zwölf Jahre älter war und sich wenig darum scherte, ob ihr Stiefvater Jenny vorzog. Es kam ihr nur darauf an, daß ich sie beide gleich viel liebte, und das tat ich.

Das Problem war, die Zeit zu finden, es ihnen auch zeigen zu können. Jennys Vater und ich waren rund um die Uhr beschäftigt: Wir widmeten uns beide unseren Karrieren, was mit häufigen gesellschaftlichen Verpflichtungen verbunden war; und für mich kam hinzu, daß ich auf ein perfektes Auftreten achten mußte, den Haushalt führte und versuchte, eine gute Mutter zu sein. Da ich den Ehrgeiz besaß, bei all dem mein Bestes zu geben, war ich bald völlig erschöpft. Auch wenn es dieses Mal anders war als meine Erfahrung mit Jerry – ich fand mich ein weiteres Mal in der Situation, mit meinem Ehemann über unseren Lebensstil uneinig zu sein. Wenn meine Kinder unter unserer Situation zu leiden hatten, dann mußte ich etwas daran ändern. Meine beiden Männer – erst Jerry und nun er – konnten das nicht.

Dr. Ores wußte von all dem nichts, doch in ihrer privaten Akte über Christine notierte sie: »Obwohl ihr nichts zu fehlen scheint, wirkt sie wie ein Anhängsel.« Christine war damals dreizehn und besuchte die achte Klasse; sie wurde bei unserem aufreibenden Lebensstil manchmal wie ein Stück Übergepäck behandelt. Eines Abends bekam sie am Abendbrottisch die Bemerkung mit, daß die Unterstützung ihres leiblichen Vaters helfen könnte, ihre Privatschule zu finanzieren und »ihre Kosten herunterschrauben würde«. Später sagte sie aufgebracht und verletzt: »Was bin ich für euch, Mom? Ein Büromöbel?« Ich begann darüber nachzudenken, der Familie den Vorrang einzuräumen, und schlug meinem Mann vor, meine Arbeit aufzugeben. Sein Einkommen war gut, doch für ihn stand diese Überlegung völlig außer Frage.

Christines Gesundheitszustand verschlechterte sich, sie dachte viel darüber nach und kämpfte hart dagegen an. Ihre Krankenhausaufenthalte häuften sich, und die Mukoviszidose blieb eine unterschwellige, unheimliche Realität. Und doch beherrschte sie Christines Leben noch nicht in dem Maße, wie wir es befürchtet hatten. Als Christine vierzehn war, schrieb ich meiner Mutter:

Chris wurde in recht guter Verfassung aus dem Krankenhaus entlassen, und wie das Schicksal so spielt, fiel jemand bei der Schulaufführung von *Arsen und Spitzenhäubchen* aus, und sie bekam die Rolle. Es war eine kleine nette Nebenrolle, und sie war sehr gut darin (ohne zu husten) etc. Auf ihr Selbstbewußtsein wirkte es Wunder. Kein Zweifel – sie hat das Talent ihres Vaters geerbt. Wenn Christine etwas besonders Schönes, Normales erlebt hat und glücklich ist – zum Beispiel Erfolg in einer Schulaufführung –, verschwinden alle Anzeichen ihrer Krankheit für ein paar Stunden, und sie glüht vor Freude. Manchmal, in klaren Momenten, sehe ich, wie sehr ihr Leben von der Krankheit bestimmt ist. Jede Sekunde.

Dr. Ores sagte mir, daß Chris jetzt in eine emotional schwierige Phase tritt, in der sich neunzig Prozent aller Kinder in sich selbst zurückziehen und in unausgesprochenen Ängsten und Einsamkeit leben. Ich bin mir dessen bewußt und vergesse es nicht, wenn

ich versuche, ihr einen anderen Weg zu ermögichen... »der unge-
wöhnliche und unbequeme Weg« wird »den großen Unter-
schied« ausmachen.

Christine begann Tagebuch zu führen, als Teil einer Englischauf-
gabe für Pam Motley, ihrer Lehrerin in der Dwight-Schule. Sie
mußte es einmal monatlich vorlegen, und Mrs. Motley kommen-
tierte die Arbeiten. Christine liebte es. Im Herbst ihres neunten
Schuljahres startete *Saturday Night Live*, und durch Jerry und die
Muppets war auch Christine daran beteiligt.

Tagebucheintrag
Die Saturday Night Live Show war toll. Paul Simon war Gast-
Showmaster und Art Garfunkel sein Gast. Als ich all die guten Songs
von ihnen hörte, wollte ich sofort los und ihre Platten kaufen.
Ich glaube, ich habe Fieber. Hoffentlich wird es nicht schlimmer –
und ich will nicht noch mehr Schule verpassen.
Es war komisch, die Saturday Night Live Show im Fernsehen zu se-
hen, denn es war nicht dieselbe Show, die wir gesehen haben (wir
haben die Generalprobe gesehen, denn es ist eine Live Show und
wird sehr spät ausgestrahlt). Ich konnte die Probe sehen, weil mein
Dad jede Woche dabei ist.

In der Pubertät verstärkten sich Christines Probleme mit ihrem
Stiefvater, und sie verbrachte an den Wochenenden und in den Ferien viel Zeit mit Jerry. Er gehörte zum festen Stamm der Puppen-
spieler bei den Muppets. In der *Sesamstraße* spielte er die Charak-
tere von Graf Zahl, Sherlock Humbug, Biff, dem Shnuffle-Upagus
und Henry Monster. Er nahm Christine mit zum Children's Televi-
sion Workshop, wo die *Sesamstraße* aufgezeichnet wurde. So lernte
sie die ganze Muppet-Belegschaft kennen. Außerdem spielte Jerry
auch die Rolle von Scred, dem scheußlichen kleinen Muppet in den
frühen Tagen von *Saturday Night Live*. Zum ersten Mal bekam

Jerry Fanpost von Erwachsenen, und er nahm Christine auch in diese Welt mit. Sie begleitete ihn zu den Proben und trieb sich in den Garderoben herum. Sie lernte die feste Belegschaft und die Gaststars kennen, und wenn sie nach Hause kam, erzählte sie von Chevy und Gilda, John und Lily.

Tagebucheintrag
Samstag abend ging ich zur Probe von Saturday Night Live, und hinterher sah ich mir die Show an. Ich erinnere mich noch, wie ich schrieb, daß ich mir manchmal komisch vorkomme unter den Schauspielern. Das ist vorbei!
Oh, es war super. Nach der Probe saß ich mit den Leuten in der Garderobe, und wir redeten. Ich aß eines von den Sandwiches und hörte zu und so. Ich machte einen Witz, und alle lachten. Ach, ich war so glücklich.

Tagebucheintrag
Ich habe mich bei Night Live vor Lachen gekringelt – es war so lustig. Ginny hat mich angerufen, ob ich ihr drei Tickets für sie und zwei Freunde besorgen kann. Ich weiß nicht, was ich machen soll. Ich meine, es ist ein Gefallen von meinem Dad, wenn er mir Tickets schenkt, und ich (als seine Tochter) stecke irgendwie in der Klemme. Ich kann ihn doch nicht fragen, ob er mir Tickets für Freunde von Freunden verschafft. Mom würde sagen, das ist ein »definitives Nein«.
Ich finde es einfach nicht gut. Ich habe Ginny schließlich schon einmal mitgenommen. Wenn ein Freund einem einen Gefallen tut – sagen wir mal, er stellt alles mögliche an, um für einen Autogrammkarten oder so zu kriegen –, dann fragt man ihn doch nicht ein zweites Mal, egal, wie sehr man sie will...
Ich weiß nicht, vielleicht sehe ich das auch falsch... oder? Night-Live-Karten gibt es eben nicht im normalen Verkauf. Die sind wie Einladungskarten.

Es ist ziemlich schwierig, es zu erklären, ich weiß nicht, ob das, was ich sage, Sinn macht. Ich weiß nicht, wie ich Ginny absagen soll. Ich werde ihr irgendwie die Tickets besorgen, aber ich weiß, daß es nicht richtig ist.

Ich habe Angst. Die Ärztin hat mich zurückgerufen, und ich erzählte ihr, wie es mir geht. Sie sagte, ich soll sie morgen früh noch einmal anrufen, und wenn es mir nicht besser geht, soll ich zu ihr kommen. Ich will nicht schon wieder ins Krankenhaus... Ich werde morgen einfach nicht krank sein!

13. Januar 1975

Ich bin im Krankenhaus. Freitag bin ich reingekommen. Gestern habe ich nicht viel geschrieben, ich war zu wütend, glaube ich. Ich habe lange geweint, aber davon weiß keiner etwas. Dad hat mich gestern abend besucht.

Als ich ihn sah, lief ich zu ihm, fiel ihm in die Arme und fing an zu weinen. Er weinte auch. Er ist so süß. Ich fühlte mich gestern einfach so einsam. Er kam gerade, als Mommy weg war.

Es ist so langweilig im Krankenhaus. Die Stunden wollen einfach nicht vergehen. Mein IV (Abk. für intravenös) tut manchmal weh, und ich habe Angst, meinen Arm zu bewegen. Das Essen ist so schlecht wie immer, und es ist so leer auf dieser Station.

Jeden Morgen wenn ich aufwache, ist eine Kakerlake an der Wand neben meinem Bett und starrt mich an. Ich schreie jedesmal nach den Schwestern. (Ich habe den absoluten Horror vor Krabbeltieren, besonders vor Kakerlaken... Am ersten Morgen konnte ich nicht aufhören zu weinen, ich konnte mich gar nicht beruhigen. Ich schämte mich, aber ich hatte solche Angst. Manchmal fühle ich mich so einsam, daß ich anfange zu weinen. Ich vermisse mein Zuhause.

Nachts, wenn die Klimaanlage voll aufgedreht ist, fange ich fürchterlich an zu schwitzen. Ob es an meinem Fieber liegt? Morgens um fünf, wenn ich beim Abklopfen bin, und abends, wenn mein Dad geht, denke ich oft, ich kann einfach nicht mehr.

Jetzt bin ich schon bei vier Behandlungen pro Tag, als ob drei nicht reichen würden. Die Ärztin sagt, meine Lunge muß gereinigt werden. Ich war so wütend und traurig, als sie mir die Neuigkeit sagte, daß ich mich beinahe in den Schlaf weinte. Ich dachte – wie kann Gott mir das nur antun? Erst hat er mir meinen kleinen Hamster genommen und jetzt meine Gesundheit und mein Glück. Ich wünschte, mein Dad könnte den ganzen Tag bei mir bleiben. Wenn ich krank bin, vermisse ich ihn noch mehr.

Ich hatte Christine einen Hamster gekauft, aber irgendwie entwischte er aus dem Käfig und war verschwunden. Sie hatte ihn erst drei Tage und konnte ihm noch nicht einmal einen Namen geben. Wir fanden ihn niemals wieder.

Worüber soll ich nur meinen Englischaufsatz schreiben? Ich werde drüber schlafen müssen. Im Krankenhaus zu sein, ist ein bißchen wie im Gefängnis sitzen. Ich wurde zu zwei Wochen wegen Lungeninfektion verurteilt. Das Essen ist wie Gefängnisessen. Jeder Patient – oder Gefangene, besser gesagt – hat eine Zelle etc. Vielleicht sollte ich darüber schreiben.

Ihr Aufsatz über den Krankenhausaufenthalt stand in ihrem Tagebuch.

Tagebucheintrag

»Zeit absitzen«
von Willy »dem Schauspieler« Sutton
So viele Male habe ich an den schicksalhaften Tag gedacht, an dem ich hier eingeliefert wurde. Und jetzt ist meine Zeit beinahe um. Ich dachte gerade an all das, was hier geschah. Ich war lediglich wegen einer Kleinigkeit hergekommen und hatte nicht geahnt, daß daraus ein Alptraum werden würde. Es war ein kalter Tag. Ich stellte mich der Ärztin und sagte die Wahrheit.

Ich war ständig müde, und mein Husten war tagsüber außer Kontrolle. Unglücklicherweise hatte ich eine lange medizinische Vorstrafe, und die Umstände sprachen gegen mich. Die Ärztin überlegte sich die Sache, doch meine Aussichten standen schlecht. Das Urteil: zwei Wochen Krankenhausaufenthalt wegen Unterschlagung einer Lungeninfektion.

Es war nicht das erste Mal, daß ich meine Zeit im »Knast« absitzen mußte. Ich war schon sechsmal drin.

Ich galt als alter Hase und hatte einige Vorrechte gegenüber meinen Mitinsassen. Meine Zellennummer lautete 1131. Es war eine kleine Hütte mit einem Bett, Nachttisch, Waschbecken und Klimaanlage.

Am ersten Abend passierte nicht viel. Meine Mom und mein Dad blieben, bis die Besuchszeit zu Ende war. Um achtzehn Uhr wurde mir etwas Scheußliches, das sich »Abendessen« nannte, vor die Nase gestellt. Ich vermutete, daß von mir erwartet wurde, es zu essen, also meißelte ich am Kartoffelbrei herum. Das stellte sich als gar nicht so einfach heraus, denn das Besteck war aus Plastik (eine vorbeugende Maßnahme gegen Krankenhausausbrüche).

Na ja, nicht alles war so schlecht. Das Frühstück war ziemlich anständig. Zwei Schüsseln Captain Crunch, Milch, Saft, Tee und schlabberiger Toast (Hm, na ja).

Um einundzwanzig Uhr wurde ich zu meiner ersten Sitzung ins Behandlungszimmer geschickt. Dort wurde mir alle drei Tage ein neuer »IV« in den Arm gelegt. Das Zimmer war voll mit Spritzen, Nadeln und blutgetränkten Laken. Die Ärztin war um halb zehn mit mir fertig.

Da ich kein Hab und Gut bei mir hatte, konnte ich mich nicht richtig beschäftigen. Ich langweilte mich schrecklich und schlief früh ein. Das war ziemlich vernünftig, denn sie weckten mich am nächsten Tag um halb sechs Uhr morgens. An diesem Morgen und an allen folgenden wurde ich von einer Therapeutin geweckt, deren Job es war, meine Lunge davon zu überzeugen, gesund zu werden. Danach schlief ich noch mal bis acht Uhr.

Der erste Tag war ziemlich hektisch. Ich bekam meine Medika-
mente. Ich bekam meine Krankenhausnummer angesteckt. Ich be-
kam meine Krankenhausuniform (einen gestreiften Pyjama).
Um halb zehn mußte ich zum Röntgen, um meine Verbrecherfotos
machen zu lassen. Die Fotografiererei ist kein Zuckerschlecken. Ich
muß fast alle meine Sachen ausziehen und mich dann gegen einen
eiskalten Röntgenschirm lehnen. Was aber noch viel schlimmer ist –
ich darf fünfundvierzig Sekunden lang, während die Aufnahme
passiert, nicht atmen und mich nicht bewegen.
Nach ein paar Tagen hatte ich Freunde gefunden. Eine Gruppe
neuer Mitinsassen wurde eingeliefert, und einer fragte mich: »Wes-
halb sitzt du?«
»Zwei Wochen wegen Unterschlagens einer Lungeninfektion.«
Jetzt ist mir klar geworden, daß das Krankenhaus das Beste war,
was mir passieren konnte. Ich fühle mich so gut wie schon lange nicht
mehr, und zum ersten Mal kann ich tief einatmen, ohne husten zu
müssen. Ich fühle mich ausgeruht, aber wichtiger als das: ich fühle
mich gesund. Das ist eine beinahe ganz neue Erfahrung für mich.
Das war mein Aufsatz. Ich bekam eine Eins dafür.

Trotz all der Schwierigkeiten behielt Christine eine positive Einstellung gegenüber ihrem Leben und ihrer Zukunft. Mit ihrem Vater
verlebte sie sorglose Sommer auf Fire Island. Im ersten Sommer
wohnten sie auf einem Hausboot, und sie erzählte mir, daß sie noch
nie soviel Spaß gehabt hätte; sie faulenzte, schwamm, sonnte sich
und war den ganzen Tag mit ihrem Dad zusammen. Im darauffolgenden Sommer verliebte sie sich.
Als sie im August zurückkam, hatte sie ein knallrotes T-Shirt an, das
ihr bis zu den Knien reichte und die Aufschrift »Fair Harbor Fire
Department« trug. Ich umarmte Christine und folgte ihr auf ihr
Zimmer. Ich wollte alles wissen – jede Kleinigkeit, die sie in den we-
nigen, kurzen Briefen an mich ausgelassen hatte.
»Wie war dein Sommer, Liebes? So gut wie letztes Jahr?«

»Besser. Wir hatten diesmal ein Strandhaus, und das war noch toller als ein Hausboot. Ich war nicht einmal krank. Außerdem habe ich vier Pfund zugenommen.«

»Das ist toll. Woher hast du das T-Shirt?«

»Vom Chef der Feuerwehr.« Sie wirkte distanziert, als sei sie noch nicht ganz zu Hause.

»Sieht aus, als könnte es eine gründliche Wäsche gebrauchen.« Es war ausgeleiert und reichlich schmuddelig.

»Nein, auf keinen Fall. Ich habe es den ganzen Sommer angehabt. Außerdem liebe ich es, ich hab's nicht mal beim Schlafen ausgezogen.«

Das klang nach einer weitaus entspannteren Zeit, als ich gedacht hatte, und ich sagte: »Ich kann mir kein Leben vorstellen, das so ungezwungen und ohne jeden Druck ist, daß du nicht mal deine Sachen wechselst.«

»Du würdest es doch nicht verstehen, du bist einfach zu spießig.«

Ich gab keine Antwort. War es das, was sie dachte? Die Art, wie sie es gesagt hatte, gab mir ein sonderbares Gefühl; es war, als hätte sie eine Tür vor mir zugeschlagen. Ich mußte versuchen, diese Tür in den nächsten Tagen wieder zu öffnen, bevor sie mich ganz ausschloß. Im Gegensatz zu letztem Jahr schien sie noch nicht einmal glücklich zu sein, wieder daheim zu sein. Oder war es vielleicht eine Art Code, die mir sagen sollte: »Ich brauche dich?«

Ich mußte nicht lange auf die Antwort warten. Am nächsten Tag kam sie hustend und in Tränen aufgelöst in mein Zimmer. Sie fühlte sich so elend, daß sie glaubte, nicht mehr weiterleben zu können. Als ich sie fragte, wovon sie überhaupt sprach, warf sie sich auf mein Bett und schluchzte: »O Mom, ich bin in den Chef der Feuerwehr verliebt. Aber er nimmt mich überhaupt nicht wahr. Für ihn bin ich nur ein kleines Mädchen.« Ich entspannte mich.

»Du *siehst* jung aus, aber von einem kleinen Mädchen bist du weit entfernt. Mit vierzehn kann man die Liebe bereits genauso tief erleben wie ein Erwachsener.«

»Ich weiß«, sagte sie. »Romeo und Julia waren erst zwölf.«
Wir unterhielten uns eine Weile, und ich fragte: »Wie heißt er denn?«
»Matt Murphy.«
»Und wie sieht er aus?«
Sie zeigte mir ein Foto. »Das ist er, dort links am Tisch.«
Ich lachte in mich hinein. So einen Feuerwehrmann hatte ich bisher noch nie gesehen. Er war ungefähr dreißig, trug Badehosen und Sandalen, hatte einen hellbraunen Vollbart und langes Haar. Er saß am Ende des Tisches neben Jerry, mit einem Glas Bier in der Hand.
»Er sieht nett aus.« Da sie unbedingt eine Schulter brauchte, an der sie sich ausweinen konnte, redeten wir noch eine Weile über die Liebe und wie man ohne sie überlebt. Das waren wieder wir selbst, Christine und ich, wir beide, die über alles sprechen konnten.
Sie bettelte um einen Hund, einen goldfarbenen Retriever. Ich war nicht der Meinung, daß wir einen Jagdhund in einer Wohnung halten sollten, und deshalb kaufte ich ihr einen Hamster. Das ist kaum dasselbe, aber sie schenkte all die Liebe, die sie dem Hund entgegengebracht hätte, nun dem Hamster.

Tagebucheintrag
Ich habe den süßesten Hamster auf der Welt. Sein Name ist Paddington. Ich glaube, Paddington mag mich langsam. Hoffe es, weil ich ihn jedenfalls mag.
… Ich mag dich, und du magst mich … Heute war ich bei der Ärztin – es geht mir nicht so toll.
Ich liebe Paddington

Tagebucheintrag
Ich habe abgenommen, und meine leichte Lungeninfektion ist durch die Antibiotika nicht besser geworden. Es macht mir zu schaffen, wenn ich schlechte Testergebnisse habe. Und ich dachte, ich hätte drei gute Mahlzeiten am Tag gehabt. Vielleicht sollte ich lieber an-

fangen, Buch zu führen und meine Eßgewohnheiten zu kontrollie-
ren.

    Gutenachtgebet
    Nun bette ich mich still zur Nacht
    und bete, lieber Gott, hab auf mich acht.
    Und sollte ich sterben, noch ehe geht
    die Sonne auf,
    dann, lieber Gott, nimm meine Seele in
    den Himmel auf.

Lieber Gott, beschütze bitte: Mommy, Daddy, Padding, Jenny,
meinen Stiefvater, Nipper, Paddy-paws... Nonnie, Papa, Martin,
Janis, Jackie, Mike... Großmutter, Großpapa, Nancy, Matthew,
Nessie, Francie, Berta, Jeff, Tucky...
Jean, Babe, Betty, Janie, Jim, David...
Matt, Mrs. Motey, Caroline, Cindy, Ginny, Mrs. Monohan, Clau-
dia, Emily und meine anderen Freunde in der Schule...
Chevy, John, Jane, Lorraine, Gilda, Garret, Herb, Michael, Elliot,
Candice, Buck, Lily, Scred und meine anderen Freunde von NBC
Saturday Night Live...
Jim, Frank, Richard, Rollie, Carroll, Fran und die anderen von der
Muppets-Bande...
und, lieber Gott, beschütze all die anderen Menschen auf der Welt,
die ich mag... und beschütze sie vor allem Schlechten – physischer
oder psychischer Art und mach, daß nichts Schlimmes passiert. Und
bitte – wie jede Nacht bitte ich dich, uns zu helfen, wenigstens ein
paar Probleme in dieser Welt zu lösen.
P. S.... bitte schließ auch mich in all das ein. Was mich also be-
trifft... mach vor allem, daß ich meine Lateinprüfung schaffe und
daß ich mindestens eine Drei oder möglichst noch etwas Besseres
kriege. Oh, bitte, bitte, bitte!
Hilf mir auch, daß ich meine Müdigkeit und Traurigkeit wegkriege.

Und zum Schluß, schenk mir bitte ein langes Leben und mach, daß meine Eltern noch lange mit mir zusammensein können.

(Mach bitte auch, daß ich einen Freund kriege. Hey! Du könntest doch machen, daß ich Matt Murphy heirate und wir glücklich zusammenleben bis... nun, bis wir diese Welt verlassen (Ich mag das Wort »sterben« nicht).

Aber im Moment ist deine Hauptaufgabe der Lateintest. Bitte mach es doch so, daß ich anfange zu schreiben und einfach nicht mehr aufhören kann, bis ich fertig bin.

Danke, ich liebe dich, und vergiß nicht, um was ich dich gebeten habe.

Lieber Gott, beschütze bitte auch mich.

Gute Nacht, ich liebe dich und AMEN.

Das sage ich wirklich alles jeden Abend (natürlich mit ein paar Abänderungen bei den Wünschen). Tatsächlich gilt dies für heute abend. Ich dachte, es würde so genauer, ehrlicher und wirklicher sein.

Gute Nacht (gähn)

Ich liebe Paddington

Meine Idee wurde für Saturday Night Live genommen. Ich bin so stolz. Also, ich muß jetzt in die Falle.

Gute Nacht
(Yeah!)
Ich liebe Paddington

Hihi. Paddington ist so süß. Ich liebe es, ihn zu beobachten, wenn er sich mit diesem »geschäftlichen« Ernst an die Arbeit macht. Er hat so lange Krallen – (vielleicht sollte ich Nägel schreiben, er ist ja kein Monster). Ich liebe es, wenn seine Backen vollgestopft sind mit Futter. Er sieht dann so witzig aus.

Ich liebe Paddington

Ich bin so furchtbar fertig – ich glaube wegen dem Zeugnis, das ich bald kriege, und wegen meiner Gesundheit und so weiter. Aber das Komische ist, daß ich gar keinen wirklichen Grund finden kann, weshalb ich so fertig bin. Ich merke, daß etwas furchtbar schief läuft, wie man es merkt, wenn man ein echt schlimmes Problem hat, und doch fällt mir nichts ein, das so schlimm ist.

Ich habe kein Fieber, aber ich fühle mich, als ob ich welches hätte. Ich habe völlig meinen Willen verloren. Was ist nur mit mir?

Tagebucheintrag
Lieber Paddington,
entschuldige bitte, daß ich dir in letzter Zeit nicht meine ungeteilte Aufmerksamkeit schenken konnte, aber ich bin in allem so hinterher. Ich weiß, wie einsam es sein muß, wenn ich nicht einmal im Zimmer bin und du den ganzen Lärm allein machen mußt. Aber ich verspreche dir – sobald ich etwas Geld zusammengespart habe, werde ich dir zur Gesellschaft ein nettes Hamsterweibchen kaufen. Und dann – wenn ich nicht völlig falsch liege – wird es bald lauter kleine Paddingtons geben.

> *»We're happy as can be, doin' what comes*
> *naturally.«*

Denk immer daran – ich liebe dich schrecklich… und winde dich bitte nicht immer wie ein Wurm, wenn ich dich hochnehme.
                              In Liebe, Chris

Ich liebe Paddington

Dienstag abend. Mein Dad sieht toll aus. Heute war ich mit ihm bei der Sesamstraße und schaute zu, wie er aufnahm. Northern und Bob sagten mir, wie hübsch ich sein werde und wie hübsch ich jetzt schon bin ... es war mir so peinlich, aber es war sehr nett von ihnen. Ich bin immer verlegen, wenn ich mehr als ein Kompliment bekomme. O Gott – Northern Calloway ist so süß! Er spielt den David in der Sesamstraße. Ich liebe es, wenn mein Dad mich zu seiner Arbeit mitnimmt.

Gute Nacht

Oh, irgendwie läuft alles schief im Moment. Ich bin wütend, wenn ich aufstehe, wütend beim Abklopfen, wütend auf meine Eltern, auf meine Freunde, wütend, wenn ich versuche, zur Schule zu gehen, wütend auf alles und jeden.

Arlene (meine Physiotherapeutin) fragte mich heute morgen, warum ich so wütend bin. Und da wußte ich, was bei mir falsch läuft. Ich habe schon ein paarmal geschrieben, daß ich mich merkwürdig und unwohl fühle, und das ist es, was mit mir nicht stimmt. Ich kann einfach keinen Grund finden, warum es mir so mies geht, und genau das ist der Grund für meine Wut. Als sich heute morgen meine Mom und mein Stiefvater leise über mein unmögliches Verhalten unterhielten, wurde ich so sauer, daß ich schrie – ich meine wirklich schrie, nicht aaahhh ... sondern iiiaaaaiiiiiaaaaaiii! (Die Art Schrei, die man immer in Horrorfilmen hört). Dann hörte ich, wie meine Mom leise zu sich selbst sagte: »O Gott, was ist denn jetzt los?« Und ich schrie zurück: »Vielleicht werde ich einfach verrückt – okay?«

Die Dinge, die mich so durcheinanderbringen, sind:

a) Mein Stiefvater – wenn er einen Ton in der Stimme hat, der anders als glücklich ist. Komisch, aber wahr: Sein müder und ärgerlicher Ton macht mich wahnsinnig. Auch wenn er mir sagt, ich soll mich beruhigen oder meinen Tonfall ändern, wenn seiner genauso schlimm ist. Wenn er an mir herumnörgelt. Wenn er ungerecht ist. Auch wenn er mich anschreit, wenn ich mich über Jenny beschwere.

b) Meine Mom, wenn sie sich mit mir wegen jeder Kleinigkeit strei-

tet und behauptet, ich würde ihr nie sagen, was ich vorhabe, obwohl ich sicher bin, daß ich es ihr gesagt habe.
c) *Dummheit* – bei Taxifahrern oder Busfahrern, auch bei meinen
Freunden.
d) *Unverschämtheit* – Leute in Bussen, besonders alte Frauen, die
mich und meine Generation verkorkst nennen, und Leute, die
schubsen und drängeln. Ich könnte ihnen das Gesicht zerkratzen.
e) *Jede Kleinigkeit, die schiefläuft.*
f) *Abklopfen und meine Krankheit.* In der Schule muß ich immer
hochgehen und dann keuche, hechele und huste ich mir den Verstand raus. Ich bin auch auf alle (fast alle) wütend, die mich abklopfen. Nur weil sie es tun.
g) *Natürlich mit Leuten zusammenzusein, die ich hasse.*

Bis dann

Tagebucheintrag
Montag: Paddington ist weg. Freitag nacht, als ich schlief, ist er aus
seinem Käfig entwischt. Ich liebe ihn so sehr, und jetzt ist er weg. Ich
weiß nicht, wo er ist und was er macht. Mein Herz ist gebrochen.
Die Leute halten mich für albern, weil ich so traurig bin, aber ich
kann eben nicht anders. Ich liebe alle Tiere, und ich liebe ihn. Mein
Stiefvater ist stinksauer auf mich, weil ich ihm und Mommy nicht
sage, warum ich so daneben bin. (Sie haben gar nicht gemerkt, wie
traurig ich wegen Padd war.) Ich wollte einfach nicht darüber reden, weil ich sonst noch trauriger geworden wäre, also blieb ich auf
meinem Zimmer. Sie hätten mich sowieso nur angebrüllt, weil ich so
still und trübselig bin. Statt dessen brüllten sie mich dann an, weil ich
auf meinem Zimmer blieb und »nicht am Familienleben teilhabe«.
Guter Gott, was wollen sie von mir? Ich bin nur auf meinem Zimmer geblieben, weil ich traurig war und nicht ertragen konnte, daß
sie gemein zu mir sind. Und schließlich hat mein Stiefvater geschafft,
daß ich es erzähle. Ich spürte, daß sie keine Ruhe lassen würden, bis
ich es ihnen erkläre. Ich wurde ziemlich laut und schrie, daß der

Grund, weshalb ich nichts sagte, der sei, daß ich eben nicht darüber reden wollte, weil es zu sehr weh tut, daß Paddington weg ist. Ich heulte und zitterte, und Mom kam angelaufen und nahm mich in den Arm. Und weißt du, was mein Stiefvater gemacht hat? Anstatt sich bei mir zu entschuldigen, schrie er: »Was zum Teufel ist so furchtbar daran, bla, bla, bla...« Dafür hätte ich ihm am liebsten das Gesicht mit einem Messer zerschlitzt. Oh, ich kann es gar nicht in Worte fassen. Verstehst du, was mich so wütend macht? Ich war einfach noch nicht in der Verfassung, darüber zu sprechen, und dafür giftet er mich an.

Bis dann

Oh, ich vermisse Paddington so schrecklich. Ich glaube nicht, daß ich ihn noch einmal wiedersehe. Ich habe immer Pech mit Tieren, entweder verschwinden sie, ich muß sie fortgeben, oder sie sterben. Ich kümmere mich wirklich gut um meine Tiere, und ich liebe sie so sehr, wie ich mein eigenes Baby lieben würde. Es sollte Leuten passieren, die sich nicht um ihre Tiere kümmern. Ich bete jeden Abend – aber kein Hamster in Sicht. Mom fand ein kleines Loch in der Wand beim Heizungsrohr – groß genug für ihn, um hindurchzuschlüpfen. Ich glaube, da rein ist er verschwunden. Ich wette, mein anderer Hamster auch.

In diesem Herbst 1976 – Christine war fünfzehn – zogen wir in ein Tudor-Haus in White Plains. Vielleicht würde mehr Platz und ein Wechsel der Umgebung und des Lebensstils die permanente Spannung und ewigen Streitereien zwischen mir und meinem Ehemann lösen. Christine kam in die zehnte Klasse der White-Plains Schule. Einige Monate nachdem wir umgezogen waren, hatte Christine einen fürchterlichen Streit mit ihrem Stiefvater wegen einer Heizdecke. Er hatte diese Decke für unser Schlafzimmer besorgt, und als Christine darum bat, für ihr Zimmer, das sehr kühl war, weil es an der Nordseite lag, auch eine zu bekommen, sagte er nein. Ich gab ihr recht, und es war in dieser Woche, als ich mich entschloß, mit ihr über meine Scheidungspläne zu reden. Ich hielt sie für alt (und auch für unglücklich) genug und war sicher, sie würde verstehen, daß es nichts mit ihr zu tun hatte. Es war eine schwere und schreckliche Entscheidung, von der nur Christine etwas wußte. Sie war damals meine Vertraute, und sie blieb es auch später.

In diesen Jahren kam Christine regelmäßig ein- bis zweimal jährlich ins Krankenhaus. Obwohl sie nicht sehr kräftig und beängstigend dünn war, hatte sie nur geringe Blutungszwischenfälle. Was ihr zu schaffen machte, war eine allgemeine Verschlechterung ihres Gesamtbefindens, mit chronischen, kleineren Symptomen. Sie gestand mir, daß sie sich nie mehr ganz gesund fühlte, aber noch hoffte, daß sich ihr Zustand wieder änderte. Zu ihrem sechzehnten Geburtstag wünschte sie sich ein Zehngangfahrrad. Sie fuhr nur einmal damit.

Sie litt an Erkältungen, Fieber, Erschöpfung, Schüttelfrost, Schwindelanfällen, Kopfschmerzen, schlimmen Hustenanfällen, Schlafstörungen, Rückenschmerzen und Schmerzen in den Kniegelenken die von einem Mangel an Sauerstoff herrührten und sie ununterbrochen plagten. Treppen wurden zu einer Tortur für sie, und manchmal lief sie wie eine alte, von Arthritis geplagte Frau.

Als sie in diesem Winter im Krankenhaus lag, kam Dr. Ores mit einem kleinen tigergestreiften Kätzchen auf dem Arm in ihr Zimmer »Christine, wir müssen für dieses Kätzchen unbedingt ein Zuhause finden. Würdest du ihm eines geben?« Christine überlegte nicht zweimal.

»O ja, darf ich es mal halten?« Dr. Ores setzte Christine das fünf Monate alte Kätzchen vorsichtig auf den Schoß. In den nächsten fünf Tagen halfen die Schwestern, das Kätzchen zu verstecken; ich besorgte einen Reisekorb, und sie kam mit einem *richtigen* Haustier heim. Sie nannte die Katze Ivy, nach der Abkürzung ihrer IV-Behandlung. Ivy war eine Musterkatze, vielleicht ein wenig scheu, und Christine ließ sie jede Nacht an ihren Füßen schlafen. Es war zwar nicht so warm wie eine Heizdecke, aber viel schöner.

Ich nahm einen noch höher dotierten Job als Modedirectrice bei Allied Stores an. Ich liebte die Arbeit im Einkauf, konnte mich jedoch über meinen Erfolg kaum noch freuen. Meine Meinungsverschiedenheiten mit meinem Mann über unseren aufreibenden Lebensstil hatten sich verschärft. Der Druck wurde größer und damit auch die Anforderungen. Ich verließ das Haus um sieben Uhr morgens und kam abends um sieben zurück. Dazu kamen mehrmals wöchentlich Verabredungen außerhalb der Arbeitszeit. Wir mußten oft Gastgeber spielen. Haushälterinnen kamen und gingen, und meine Gedanken waren nur auf den Wunsch konzentriert, mit meinen Kindern zusammen sein zu können. Die Theorie, daß eine berufstätige Mutter die Quantität ihrer Abwesenheit mit »qualitativ hochwertig verbrachter Zeit« mit ihren Kindern wettmachen könnte, war reiner Unsinn für mich. Jenny brauchte mich jetzt ebenso wie Christine, und ich war derart beansprucht, daß ich niemandem meine Zeit schenken konnte, einschließlich mir selbst nicht. Zerstreut und übernervös, stieß ich mir meine Beine blau und grün, wenn ich von hier nach da raste.

Mein Mann und ich trennten uns im August 1977, als Christine siebzehn war. Ich zog mit den Kindern in eine Dreizimmerwohnung in White Plains. Den Bruch bedauerte ich, aber zu dieser Zeit empfand ich keine Schuld. Ich hatte alles gegeben, aber etwas war aus dem Gleichgewicht geraten, und unsere Ehe hatte keine Chance, zu überleben. So gütlich meine erste Scheidung abgelaufen war, so häßlich wurde diese.

Im Verlauf des nächsten Jahres lernte ich James Gordon, einen brillanten, energiegeladenen Mann, besser kennen, bei dem ich in meiner Zeit als Modedirectrice gearbeitet hatte. Er lebte seit kurzem von seiner Frau getrennt, hatte braune Augen und braunes Haar und sah sich selbst als eine Mischung aus Ernest Hemingway, F. Scott Fitzgerald, Baron Rothschild, Mel Brooks (Gott sei Dank) und ein bißchen von Walter Mitty. Sicher suchten wir beide nach emotionaler Unterstützung, aber wir hatten auch sehr viel gemeinsam. Wie ich suchte er nach einem neuen Lebensstil und war in ein kleines Appartement gezogen. Seine Töchter waren erwachsen, und er hatte das Sorgerecht für seinen Sohn Jimmy, der im zweiten Jahr die Rye-Country-Ganztagsschule besuchte.

Im März 1978 lud Jim Christine und mich zu einer Studentenaufführung der Musicalfassung von *One Upon a Mattress* ein. Jim spielte eine der Hauptrollen. Nach der Show gingen wir hinter die Bühne, um Jim zu gratulieren. Christine war sehr schweigsam. Sie stand da und beobachtete die chaotische Szenerie; Studenten, die sich in die Arme fielen, Lehrer, die Studenten umarmten, Eltern, die ihren Kindern gratulierten und die Lehrer begrüßten. Die Kinder lachten und plapperten – alle hatten viel Spaß, es war wie ein Familientreffen, und danach fand eine Party für die Schauspieler statt.

Als wir zum Auto gingen, kletterte Christine auf die Rückbank und brach plötzlich in Tränen aus.

»O Gott«, schniefte sie und vergrub das Gesicht zwischen den Knien. Ich drehte mich zu ihr um.

»Chris, was ist los?«

Sie weinte noch immer. Ich sah Jim perplex an und fragte Christine noch einmal. Schließlich schaute sie auf. »O Mom, das ist es, was ich immer wollte. Das, was ich hinter der Bühne miterlebt habe. Jimmy kann so froh sein, daß er dazugehört.« Sie fing wieder an zu weinen.

Ich war nicht sicher, ob ich sie richtig verstand, und fragte: »Chris, du meinst nicht nur die Aufführung, oder? Du meinst – nun, du meinst die Leute und die Atmosphäre nach der Vorstellung, das Zusammengehörigkeitsgefühl. Habe ich recht?«

Ich gab ihr ein Taschentuch, sie lehnte sich mit einem langen Seufzer zurück und sagte: »Tut mir leid, Jim.« Sie klang sehr müde. »Ja, das meine ich. Sie hatten soviel Spaß. Ich hab' immer gewußt, daß es noch was anderes geben muß als das, was ich auf der White Plains High habe.«

Wieso hatte ich das nicht schon früher erkannt? Christine würde niemals in einer riesigen, öffentlichen Schule mit zweitausend Schülern glücklich werden. Sie fühlte sich dort immer noch so verloren wie letztes Jahr, als sie in die zehnte Klasse kam. Ohne zu zögern, fragte ich sie: »Chris, würdest du dich gern bei der Rye Country für das nächste Schuljahr bewerben?«

»Oh, hör auf, Mom. Das geht doch gar nicht. Wir haben März. Es ist schon viel zu spät. Abgesehen davon bewirbt sich niemand für nur ein Jahr auf einer Privatschule. Im nächsten Jahr mache ich doch schon meinen Abschluß.«

»Du sollst dich ja auch als Erstsemester bewerben. Dann hast du auch die Chance, mit den anderen gleichzuziehen.« Ich sah Jim an, und er nickte mir zustimmend zu.

»Nein, das wird nicht klappen. Ich glaub's nicht.«

»Es gibt immer eine Möglichkeit. Wie würdest du es finden, wenn ich morgen dort anrufe und versuche, einen Termin für dich abzumachen?«

Sie schwieg einen Moment, dann fragte sie ganz leise: »Würdest du das tun?«

Oh, wie sehr ich sie liebte. Die Art, wie sie es sagte – als ob sie nicht glauben könnte, daß ich es ernst meinte, und als würde sie annehmen, sie sei für das Beste nicht gut genug, obwohl sie es doch unbedingt wollte. Ich konnte es mir finanziell nicht leisten, aber Jerry würde es sicher können. Ich war sicher, daß er mit mir übereinstimmte und nicht beleidigt war, daß ich ihn nicht vorher gefragt hatte. Es würde genügen, wenn ich ihm erklärte, daß keine Zeit dafür war.

Am nächsten Tag unterhielt ich mich mit dem Direktor des Aufnahmebüros. Er zögerte zunächst und meinte, daß sie für den elften Jahrgang eigentlich keine Plätze mehr hätten. Dann erklärte ich ihm die Situation: Christines Krankheit und meine neue Erkenntnis, daß sie eine andere schulische Umgebung brauchte. Er sagte mir, wir könnten uns bewerben, obwohl nicht viel Aussicht bestünde, und er fragte nach dem Namen von Christines Ärztin.

Ich gab ihm Dr. Ores' Telefonnummer und erklärte, daß sie ihm sicher ein klareres Bild über Christines Krankheit und ihre speziellen Bedürfnisse geben könnte.

Christine war sehr aufgeregt. Ich hörte, wie sie die Sache mit ihrer Physiotherapeutin, mit Jimmy und seinen beiden Töchtern, Cindy und Lisa, besprach. Sie sprach nur noch davon. Dann kam sie ein paar Tage vor ihrem Termin in die Küche, wo ich gerade das Essen zubereitete, schwang sich auf einen Hocker und sagte: »Mom, vielleicht sollten wir es besser lassen. Ich meine, es wird viel härter – von den akademischen Anforderungen her. Machen wir uns nicht selber was vor? Meine Leistungen sind nicht mehr so toll, wie sie mal waren.«

Überrascht drehte ich mich zu ihr um. »Chris, wovon sprichst du? Es ist gar nicht deine Art, aufzugeben, bevor du es nicht wenigstens versucht hast.«

»Na ja, Jimmy meint, ich werde das nie schaffen. Er sagt, es ist zu hart, und wir sollten es lassen. Jeden Abend sind Proben angesetzt und dazu kommen noch die Hausarbeiten – und die müssen total pünktlich gemacht werden.«

Ich sah sie beunruhigt an. »Was weiß Jimmy schon? Er hat doch keine Ahnung, was du leisten kannst. Ich an deiner Stelle würde einfach nicht auf ihn hören.«

»Ich weiß nicht, Mom. Er kann so besitzergreifend sein, wenn es um seine Angelegenheiten geht. Ich meine, es ist schlimm genug, daß du seinen Vater heiratest. Und er hat mir ziemlich deutlich gemacht, daß die Rye Country sein Territorium ist.«

Ich antwortete langsam und eindringlich: »Christine, die Rye Country ist *nicht* Jimmys Territorium. Es ist das Territorium aller, die die Qualifikation dafür besitzen. *Ich* glaube, du wirst es schaffen.« Sie schwieg. »Laß dich nicht von ihm entmutigen. Du bist ein außergewöhnliches Mädchen, und ich bin sicher, daß der Direktor auch dieser Meinung sein wird, wenn er dich kennenlernt. Er hat mit Dr. Ores gesprochen, weißt du.«

»Hat er?« fragte sie interessiert.

»Ja, hat er. Und ich bin sicher, daß Dr. Ores dich bestimmt sehr gelobt hat. Du weißt, wie eindrucksvoll sie sein kann, wenn sie ihren ernsten Tonfall drauf hat.« Christine lachte. Sie hatte diesen Ton noch nicht so oft wie ich zu hören bekommen, aber immerhin oft genug, um zu wissen, was ich meinte. Ihre Miene hellte sich auf.

»Nun, dann weiß er ja Bescheid über die Schwierigkeiten, daß ich Physiotherapie in meinen Freistunden haben muß und den ganzen anderen Kram, was?«

»Ja, Liebes, er weiß alles.«

Sie zog die Knie auf den Hocker an, stützte das Kinn auf die Hände und sagte: »Und du glaubst, ich werde genommen?«

»Ja, das glaube ich.«

Sie dachte schweigend nach – schaute mir zu, wie ich im Regal nach einem Deckel für den Topf auf dem Herd kramte. Aus den Augenwinkeln bemerkte ich, wie ihr Fuß unruhig wippte und dann plötzlich stillhielt.

»Vielleicht hast du recht«, meinte sie.

»Verdammt recht sogar«, murmelte ich. Und das hatte ich.